SHORT CLASSICS
短经典精选

Diecinueve garras y un pájaro oscuro
———————— Short Classics ————————

十九只爪子和一只黑鸟

〔阿根廷〕阿古斯蒂娜·巴斯特利卡 著　朱金玉 译

人民文学出版社
PEOPLE'S LITERATURE PUBLISHING HOUSE

著作权合同登记　图字 01-2025-2020

Agustina Bazterrica
DIECINUEVE GARRAS Y UN PÁJARO OSCURO

Copyright © Agustina Bazterrica
c/o Schavelzon Graham Agencia Literaria
www.schavelzongraham.com
Simplified Chinese translation copyright © 2025 by Shanghai 99 Readers' Culture Co., Ltd.
All rights reserved.

图书在版编目(CIP)数据

十九只爪子和一只黑鸟 /（阿根廷）阿古斯蒂娜·巴斯特利卡著；朱金玉译. -- 北京：人民文学出版社，2025. -- （短经典精选）. -- ISBN 978-7-02-019434-6

Ⅰ. I783.45
中国国家版本馆 CIP 数据核字第 2025E3B870 号

总　策　划　黄育海
责任编辑　卜艳冰　周　展

出版发行　人民文学出版社
社　　址　北京市朝内大街 166 号
邮政编码　100705

印　　制　凸版艺彩（东莞）印刷有限公司
经　　销　全国新华书店等

开　　本　889 毫米×1194 毫米　1/32
印　　张　4.625
字　　数　89 千字
版　　次　2025 年 8 月北京第 1 版
印　　次　2025 年 8 月第 1 次印刷

书　　号　978-7-02-019434-6
定　　价　55.00 元

如有印装质量问题，请与本社图书销售中心调换。电话：010-65233595

SHORT CLASSICS
短经典精选

目录

十九只爪子和一只黑鸟

001	乌纳穆诺的盒子
008	罗贝托
010	轻柔、迅速、可怖的声音
017	粉红夹心糖
031	安妮塔与幸福
036	洗碗机
055	土地
061	完美对称
068	狼的呼吸
070	泰切对阵尼采
078	死去的人
084	埃莱娜–玛丽·桑多斯
091	轻缓的喜悦
095	无泪
104	连贯的均等性

109	被洞隐藏的房子
114	地狱
118	建筑
122	孤独的车站
130	马利亚的圣歌

乌纳穆诺的盒子

我在阿勒姆大街①九百号上了出租车。我将手提包、装着衣服的袋子、装笔记的文件夹和装票据的信封扔在了座位上。我一边找手套一边说：去弗洛雷斯区②，毕尔巴鄂街和榅桲里大街交会处。榅桲里，多傻的名字，一点都不严肃。我想象着那个大人物沉溺榅桲果酱罐头的样子③。咱们走里瓦达维亚大街还是独立大道？我没找到手套，耽误了一会儿才回答他，无所谓，您决定吧。走独立大道更快，女士。女士？他叫我女士？我找到手套了，我冷静下来，我没有再回答。女士，那我走独立大道了。我还是没有回答。

我观察起这辆出租车：烟灰缸是空的，很干净；有一块写着"付零钱"的牌子，没有写"请"字，也没有"谢谢"；后视镜上挂

---

① 阿根廷首都布宜诺斯艾利斯市的一条道路。
② 弗洛雷斯区（Flores，意为"花朵"），布宜诺斯艾利斯市中部的一个中产阶级聚居区。
③ 榅桲里（Membrillar），意为"种植榅桲的土地"。榅桲常用来制作果酱、蜜饯等食品。天主教现任教皇方济各的故居就位于这条榅桲里大街。

001

着一个粉色的婴儿奶嘴；一个小狗摆件，毫无尊严地对所有事、所有人点头。整个车被精心打扫过，光洁锃亮，井然有序，这令我恼火。我摘下手套，找到钥匙，放进大衣口袋里。要掩饰老态真让人烦躁。我看着窗外。我困了。

您介意我放音乐吗，美女？我不解地看着他。我怎么又从女士变成了美女？是不是因为七月九日大道①太宽，让他的思路驶向了错误的方向？还是我对他这块"私密空间"的假意关心，导致他失了礼节？无所谓，我答道。他放起了昆比亚舞曲②……这我可就不是无所谓了。我注视着司机的信息牌，想知道这个我想要诅咒一生一世的名字到底是什么。巴勃罗·乌纳穆诺。这当中的讽刺性让我大吃一惊。我从没想过姓这个姓氏的人竟然会是昆比亚舞曲的拥趸③。我嘲笑自己这种愚蠢的精英主义思维。为了掩饰，我把两条腿略分开。我看了看他的脸。照片应该是最近拍的，否则乌纳穆诺先生就是有什么长生不老的手段，就像他保养车一样。天气很冷，但他的衬衫领口大大敞开，我想这是为了展示他是练过的——举过

---

① 即独立大道，得名于阿根廷独立日1816年7月9日，是世界上最宽的街道。
② 昆比亚（cumbia），源自哥伦比亚与巴拿马沿海地区的一种通俗音乐与民间舞蹈，广泛流行于拉丁美洲各国。
③ 司机与西班牙著名作家、哲学家米格尔·德·乌纳穆诺（Miguel de Unamuno，1864—1936）同姓。乌纳穆诺为二十世纪西班牙文学重要人物之一，形象严肃，与昆比亚舞曲所代表的通俗文化相距甚远。

重，扛过水泥袋，也拿过不少装着票据、笔记、衣服、文学与哲学理论书籍的包。车在红绿灯前停了下来。他面带微笑，从后视镜里看着我。他的一条胳膊搭在副驾驶位的靠背上，我看到他手腕上戴着一条金手链，上面写着一个名字：阿蔓达。我觉得阿蔓达就是那个婴儿奶嘴的主人。如果她是奶嘴主人的母亲，估计手链就会被藏起来了。直发、破洞牛仔裤，一副自信满满的样子。我跷起二郎腿。简单、饱和的美感让我厌烦。

然后，我看到了。胡安·包蒂斯塔·阿尔贝蒂大街[①]的灯光反射在他精心修剪的手指甲上，只有将之视如珍宝的人才可能拥有那样的指甲。乌纳穆诺的胳膊依然搭在副驾驶位上，因此我清楚地观察到他指甲上涂了两层透明指甲油——看起来出自极其耐心、近乎强迫症的人之手。出租车在另一个红绿灯前骤然停下。我趁机探身确认。果然，指甲边缘的死皮也去除得干干净净。我感到一阵兴奋，打开了车窗。胡安·包蒂斯塔·阿尔贝蒂会怎么想这一切？他肯定理解不了，真正的奥妙都蕴藏在世俗的、平凡无奇的细节中，而不是外交条约或高雅文学中。他不会懂得捕捉微不足道之事的重要性。我在座位上坐好。我关掉车窗，寒气让我分心。

[①] 胡安·包蒂斯塔·阿尔贝蒂（Juan Bautista Alberdi，1810—1884），阿根廷律师、法学家、政治家、外交家、作家和音乐家，1853 年《阿根廷宪法》的作者。

我在思考，乌纳穆诺的指甲背后暗藏了些什么。那种完美的程度只能出自另一个完全不同的思想，更高阶的思想。那种思想有能力跨越限制，探索新的边界。我陷入深思：乌纳穆诺的秘密隐藏在一个他熟悉的、日常的环境里；它能带给他欢愉，因此一定放在一个他可以随时触摸得到的地方。我猜测，这辆出租车就是他的专属世界。在这里，只有他拥有无限大的权力。这辆车赋予他私密性，为他和他需要的那个东西构建起了日常的联系。那东西会在哪？座位下方？不对，太难拿取。在手套箱里？没错。那是藏匿秘密的绝佳地点。就在车辆相关证件后面，放着美甲死皮剪、指甲油、棉片和两个透明的盒子，一应俱全。其中一个用来收藏他自己的指甲，作为完美的典范；另一个盛放着受害者们的漂亮指甲。是的，胡安·包蒂斯塔先生，乌纳穆诺是一个连环杀人犯。

我敞开大衣。我继续思考下去：乌纳穆诺不是一般的连环杀人犯，而是缜密、坦率、包容、日常的那种。如果不仔细观察，他会被误认为是一个胸无大志的人。但是当然了，你得懂得如何看人，因为他的生活表面循规蹈矩，实则令人不安。他很有耐心，懂得甄选，擅于克制。他很危险。婴儿奶嘴是他故意安排的，用来转移注意力的工具，目标就是那些不善观察，或是不愿去观察的人。那个温驯的小狗摆件看似一个平庸、臣服的玩物，实则恰恰相反。我推测那条写着"阿蔓达"的手链属于他的第一个受害者。一个失意的女人,很年轻。她很迷茫,独自一人。她没有反抗的可能性,因此是个容易下手的目标。她留着乱糟糟的红色长指甲。

乌纳穆诺并不满足于立时三刻犒赏自己。他没有在出租车上强奸她,再把她扔进某条水沟里。不,他有自己的一套仪式。

阿蔓达发现自己竟然一丝不挂,但不知是如何发生的。她动弹不得,说不出话,但意识完全清醒。他用茉莉花水给她洗澡,用浴巾擦干身体,换上干净的裙子,又为她化好妆;他帮她把头发吹干,用指尖轻柔地为她梳理;他给她喷上香水,带她上床,然后脱掉自己的衣服。但在此之前,他打开了音响,倾泻而出的大提琴旋律将二人笼罩在巴赫的G大调第一号组曲那无情的宁静之中。他裸着身子,先是打磨好她的指甲,轻轻抚摸一遍,然后去除甲缝边缘的死皮,擦掉原本的指甲油,用温水清洗;他吻过她的指甲,涂上一层加固底胶和薄荷味的护理油;他按摩她的双手,给下方铺了一块干净的毛巾,为她涂上了两层红色的指甲油。完工后,他把她的手放在自己赤裸的身体上,等待着指甲油干透。在整个过程中,阿蔓达的身体纹丝不动,但内心清楚地知道自己将会死于一种非常诡异且无奈的方式。尽管如此,她无法避免地认为这就是正确的方式,因为它是悉心的、愉快的、周到的、温柔的。乌纳穆诺让她感受到一种静谧的自由,一种焕然一新的滋味。阿蔓达死后,他以一种近乎虔敬的态度剪下了她的指甲,并把它们放进其中一个透明的盒子里。

美女,不好意思,你知道毕尔巴鄂街怎么走吗?我在座位上坐好,打开车窗,把大衣扣紧,给他指了路。我跷起二郎腿。深呼吸。我试图冷静。我望向窗外,想让自己别再多想,但我停不下来。我看着自己的指甲——长而杂乱。我脑子里想着阿蔓达,开口问道:这奶嘴是您女儿的吗?乌纳穆诺咳嗽了一声,关掉了广播,看起来很吃惊。我们在一个红绿灯前停下,他俯身打开了手套箱,以此逃避我的问题。我探身看去,那里面只有证件和几块抹布。我觉得自己蠢极了。我真想把那只乖巧的小狗的头拽下来。只会点头,不会说不的狗。我愤怒地戴上手套。我诅咒昆比亚舞曲、指甲、这辆出租车和乌纳穆诺那可恶的清白。

多少钱?一百八十四。我决定一分都不多给,谁让他竟然是个精神正常、行事合法、双手干净的人。我收拾好行李,抓着钥匙,打开车门。我想让他多等一会儿,锻炼一下他的耐心,那种他所不具备的连环杀人犯的耐心。我摘下手套,把它放进手提包,取出钱包。我拿出硬币,一个一个地数,又掏出纸币,再从头数过。就在我递钱过去的那个瞬间,一枚硬币掉进了前排两个座位中间的空隙。就在那空隙里,有一个带盖的盒子。乌纳穆诺揭开盖子去找那枚硬币。他缓慢地将盖子完全打开。他看着我,微微一笑。那一刻，我愣住了。很快，我调整好呼吸，探身看过去：那里面有一把死皮剪、指甲油、棉片和两个透明的盒子。我一把关上车门，抓住他的胳膊，紧靠着他说道，开车，乌纳穆诺，带我去，你知道我说的是哪儿。

罗贝托

我两腿间有一只兔子。它是黑色的。我叫它罗贝托,当然也可以叫它伊格纳西奥或者卡尔拉,但我最终选择了罗贝托是因为它长得像这个名字。它可漂亮了,毛茸茸的,总在睡觉。我告诉了我的朋友伊莎贝尔。我说:"伊莎,最近我两腿中间那儿长出了一只兔子。你也有吗?"我们一起走进学校的厕所,她脱下了内裤。她什么都没有。她求我给她看看罗贝托,但我害羞起来,我说不要。她生气了,说她都给我看过了,说我是个傻瓜,说我那里根本什么都没长。她才是傻瓜呢。

昨天伊莎贝尔告诉了我们的数学课老师有关罗贝托的事情。老师笑了,说要和我谈谈。你对伊莎贝尔说的是真的吗?不是。是真的,我看到了!那傻瓜大喊大叫。我妈妈说人的两腿间不可能长出兔子!但她真的有一只黑色兔子!我看到了,老师!我说她是傻瓜,是个撒谎精,我再也不要做她的朋友了。伊莎贝尔哭了起来。我一点都不觉得难过,因为她已经不是我的朋友了。加西亚老师笑了，让伊莎贝尔回家去，以后他会给她解释清楚的。加西亚老师坐在我旁边，对我说："你真漂亮。伊莎贝尔什么都不懂，你别理她。"他亲了我一下，然后又亲了一下。他说明天下课后想看看我的小兔子，他要教它以后都乖乖的。

下课后我等着他。他说要带我去厕所，这样别人就不会知道我们的秘密了。你的兔子叫什么名字？罗贝托。兔子叫这样的名字多奇怪啊！我能看看吗？我很害羞。他在我身边坐下，亲了我好多下，说我是他最喜欢的学生，也是最漂亮的。让我看看吧，听话，我不会告诉任何人的。他和我说了很多话，一直看着我。他说话的样子和平时上课不一样，因为他一直盯着我，还抓着我的手，让我把裙子掀起来。"让我看看你的小兔子罗贝托。"他说。但我告诉他，罗贝托不喜欢别人叫它小兔子，因为它现在已经长大了。加西亚老师脱掉了我的内裤，一边亲我的脸、我的头发、我的嘴，他说乖孩子听话，你的老师要教会你很多东西呢。加西亚老师忽然愣住了，嘴巴张得大大的，紧盯着罗贝托。他一动也不动，我还以为他在玩木头人的游戏。罗贝托动了动耳朵，亮出了牙齿。加西亚老师尖叫了一声，逃跑了。罗贝托又继续睡觉了。

轻柔、迅速、可怖的声音

一副假牙忽然从天而降，掉落在你后院地板的蓝色瓷砖上。假牙断开了，发出了刺耳的金属噪声，让你停下了脚步。你弯下腰捡起其中的一截。你发现这假牙已经很旧了，它的主人显然不注意清洁，完全不讲究口腔卫生。你在想这会是谁的，是哪个邻居故意丢弃的，还是一不小心掉下来了。你正准备再向前一步，捡起另外的一截，却又停了下来，开始琢磨这副假牙怎么偏偏落在了你的院子里——一个牙医的院子里，实在有点讽刺。而就在此刻，就在他的假牙坠落后几秒，梅内德斯的身体也摔了下来。

梅内德斯的身体坠地、爆裂，就这样死在你家后院地板的蓝色瓷砖上，发出了一声粗糙又低沉的重响。你惊呆了。你紧紧握着他的那截假牙，连手都被划破了。你看着梅内德斯的鲜血染红了你的院子。你觉得你听到了血在蔓延的声音，你觉得那声音就像寒冷一样，轻柔、迅速、可怖的寒冷。

你出于惯性继续蹲着，捡起了另一截假牙。它就落在你的脚边。你光着脚,没有穿鞋。在一月一日的这一天,在新年伊始、万象更新的日子里,放假在家的你迎来了邻居梅内德斯,他坠落在你家后院地板的蓝色瓷砖上。

你看着梅内德斯的尸体:他赤身裸体,嘴里没有假牙。你想到自己毫不费力就能修好他的假牙,而且可以分文不收,因为他(生前)是你的邻居,你不禁微微一笑。他大张着嘴,嘴巴里空空如也。他的表情充满仇恨,那是一种纯粹而具体的仇恨,是直接针对住在一楼B号的女人的仇恨——针对你的仇恨。

你看到梅内德斯的鲜血殷红,底色却透着黑,正缓缓流向你的右脚。你意识到只差半厘米,梅内德斯那把羸弱的老骨头(连带着他那发黄、油腻、充满杀气的皮肤)就要重重地砸在你身上。这个没了牙齿、恶心的老头梅内德斯。

现在想来,梅内德斯在你家后院地板的蓝色瓷砖上坠落时发出的声音是微弱的,没什么分量,而在那一瞬间却着实惊天动地,惨绝人寰。当时你止不住地想他为什么要在你的后院自杀。院子有的是,有废弃了的,有更宽敞的,有遍开鲜花的,也有空置的,还有更漂亮的,至少他可以避开新年这天,不选择当一楼的邻居正光着脚、穿着睡衣、站在院子里晒衣服的时候来行动。你抬头向上看,发现如果梅内德斯想要在你的后院自杀,唯一方法就是爬到屋顶露台的墙上向下跳。他选择了你的院子,选择了你。他应该原本是想杀了你，或者至少对你造成伤害。这个梅内德斯，费了这么大劲，效果却这么差，你这样想道。

你看着血在你脚边流淌，缓慢却凶猛，不禁打了个寒战。这鲜红的液体在一片寂静中蔓延，发出微弱的声响，你感到全身冰冷，想尖叫，最终却只是死死盯着那副假牙。

你听到了你家门口簇拥着的邻居的声音。这么多邻居，这么多个院子，这么大声响。他们不停按铃、敲门、喊你的名字，但你被梅内德斯那副质量极差的假牙迷住了，你笑了，因为你明白了现在所发生的一切都是命运开的一个糟糕的玩笑，是那种只会发生在同事"一个表弟的朋友的女朋友"身上的事情——他会在某次聚会时跟大家分享，语气诙谐，一听就没什么可信度；在他的口中，你的故事，你的真实遭遇和子虚乌有的都市传说夹杂在一起，而其他人只是大笑喝着酒，认为绝对不会有邻居砸到他们头上。你觉得这种事情不应该发生在像你这样的人身上：你品行端正，拥有正当职业，生活井井有条，是个好人；你是模范公民，价值观正确，未来一片光明。梅内德斯那具裸露、恶心的尸体预示了你的新年运势，是上天降下的旨意，但你觉得无法接受。一副用旧了的假牙——这么一件再平常不过的物品，一个分文不值的东西——竟然拯救了你年轻且充满活力的生命，拯救了你光洁完美的牙齿，使你躲过了梅内德斯的那把老骨头，没有被那个满身皱皮、臭汗淋漓的家伙害得送了性命。这简直是一种侮辱。

你蹲在地上,手里紧紧握着假牙的两截。邻居和警察破门而入,他们大声喊叫,言语里充满惊慌。你只听到了一些零散的词句:小姐,真可怕,自杀,邻居,救护车,男性,休克,警察局,可怜的姑娘,做笔录,真是悲剧,梅内德斯,生命真脆弱。

有人给你肩膀上披了一条毯子,要知道现在可是最热的一月[①]。你觉得人类真是愚蠢得无可救药,这种表达关爱的公式化行为毫无意义。有人想让你挪个地方,去椅子上坐下,但你不想移开双脚,不想远离那个凶残(尽管微弱到几乎听不到)的声音。有人搬来一把椅子,你坐了下来,一双赤足已被染得鲜红。

四楼的邻居来到你身边。你是通过她身上散发出的幽居和廉价香薰的味道辨认出她的。她一手捂着嘴,不住惊呼:太可怕了,我亲爱的,太可怕了,真是悲剧,上帝保佑我们吧,真是作孽。她开始抚摸你的头发,你一把拨开了她的手,像在摆脱瘟疫、性病或是《圣经》上的诅咒似的。她愠怒地哼了一声,嘟囔着些什么,大概是"这姑娘真不要脸、好没教养"之类的——她的话如连珠炮一般。你努力回忆有没有老师曾经教过你,在邻居赤裸、不戴假牙的尸体旁边要怎样做才算有教养。她带着身上那股樟脑丸的味道向厨

---

① 阿根廷位于南半球,一月为夏季。

房走去，她的口气混合着难闻的药味和故意用咖啡盖掉的酒味。你不介意其他女人们也都聚了过去，她们指着奥斯瓦迪托——她们是这样称呼梅内德斯的，显然已经认识他很久了——议论个不停，一惊一乍地长吁短叹。你发现这些挤在过道里的女邻居们全都留着短发，染着糟糕的颜色，长指甲上涂着指甲油，脑袋小小的，里面像被掏空了一样，因为这桩一败涂地的愚蠢事件聚集在这里。她们都钟爱那种体形娇小、精力旺盛的宠物狗，其品种难以界定，但通常都喜欢发出那种细碎而凶猛的叫声。这些女人看上去是完全无害的生物，实际却心安理得地置身于一个邪恶与正常之间的地带（她们也相当满足于这样的现状），这是多个原因造成的：病态的空闲时间、年老带来的有恃无恐、爱管闲事——无论事情大小她们都要探听，以便在走廊上、电梯里、居民会议、面包店、门房与大楼管理员、与其他楼栋的邻居，以及她们互相之间大谈特谈，感叹一下她们是何其幸运，没有碰上那个没教养的姑娘遭遇的事。

你仔细地审视着她们：真是一群卑劣的人类啊。她们正驻扎在你的厨房里，喝着你冰箱里的水，自顾自地抽着烟，无礼程度甚至远远超过梅内德斯坠落在你家后院的那声巨响。你自言自语：人类的恶是没有限度的——你脑中不断重复着这句话，脚上依然沾满了鲜血。你认为自己的人生再平凡不过，你很高兴能为他人解决口腔和牙齿的痛楚；清洁吸唾管能给你带来安全感；拿着十五号刀片，挑战一颗叛逆的龋齿时，你仿佛重权在握，甚至充满冒险精神；进行口腔健康重要性的宣教时，你觉得自己举足轻重。原来一月一日有时候也会发生一些小事，比如有个邻居坠落在你的后院里，而所有那些高谈阔论和家里表面上的安全感都不复存在，只剩下无休止的陈词滥调。为了摆脱这些话语，你认为最好还是仔细倾听在你右脚边静默流淌的鲜血的声音。

你把视线从右脚（那只怪异的脚）和鲜血（那陌生的血迹）上移开。有两个人正在给这位落在你后院里的邻居的尸体拍照、做记录。你看着梅内德斯，仿佛这是初次见到他。你想到这个赤身裸体、没了牙齿的恶心的老头梅内德斯就这样坠落在你后院地板的蓝色瓷砖上，导致你陷入了无序与混乱之中——混乱来自你的邻居们，他们用充满虚情假意、不屑一顾的眼神看着你；混乱来自警察，他们对你发出零散、机械的命令；混乱来自这个世界，它是如此文明，又是如此残暴。

虽然天气炎热，但你还是把肩上的毯子裹得更紧了些，因为现在你知道，你非常确信，那个声音迫使你脱离了你那按部就班的幸福，让你那舒适、踏实、走在正轨上的小日子四分五裂。就这样，那微不足道却万分有力的一击，梅内德斯下坠的身体在你的体内、在你的骨头下方爆裂。这感觉是微弱的，但你的直觉告诉你它是确定的、不可逆转的。你吸气、呼气，那无情的声音闯入你的家、这座城市、整个世界的每一个缝隙。它就像一条眼睛看不到的地下河的水流,隐藏在血液之中,潜伏着。但你能听到,它那确凿的、轻柔的、可怖的静默,正在侵入你的大脑皮层中心,侵入你最深层的思想。

粉红夹心糖

致比莉,我的妹妹,以及我的女性朋友。

你走后,什么都没有了。

现在什么都没有了,什么都没有了。

——亚历杭德罗·莱纳[①]

第一步

观察落在手指上的眼泪。想想钻石。想象伊丽莎白·泰勒[②]的样子。您想拥有紫罗兰色的眸子,希望自己的丈夫像走马灯似的换个不停。错误。倒回。您的生活中不需要更多男人了。去找纸和笔。写下"清单"二字,列出您需要购买的物品,以求像卡通人物一样体面地死去。

---

① 亚历杭德罗·莱纳(Alejandro Lerner,1957—),阿根廷歌手,创作并演唱了多首热门歌曲。
② 伊丽莎白·泰勒(Elizabeth Taylor,1932—2011),英国及美国著名电影演员,拥有罕见的紫色双眸。她一生共有过八次婚姻。

清单：

1. 一套运动服，但要有格调，专为雕塑般的体形设计；

（忽略最后有关雕塑般的体形的那一点。脸皮真厚，继续。）

2. 白色复古墨镜；

3. 带蝴蝶结的遮阳伞；

4. 白色戈戈舞长筒靴；

5. ACME[①]牌汽车，突出的嘴唇和眼睛充当引擎盖。

不要再深入描述您想死在一辆长着人类面孔的汽车里这件事，让人不舒服。

记住，您银行账户里已经没有钱了。把这张纸撕掉，把铅笔扔到鱼缸里去。请注意，您的鱼正用那对畸形的眼睛盯着您。您的鱼是大自然造的怪胎，您不知道到底为什么会买它。分析一下为什么您会给这么一条永远无视您的鱼取名为"黄瓜"。思考您给它取各种昵称的确切原因，比如"小彩瓜""我亲爱的小瓜瓜"，好像这样就可以拥抱它，可以隔着水把爱意传达给它似的。请承认鱼和蔬

---

① ACME是华纳兄弟出品的动画片《乐一通》(Looney Tunes)中一家虚构的公司。该公司专门生产一些离奇的产品，品质很差并且还会导致出现灾难性的后果。

菜不能对等，且您的鱼通体只有一种颜色：暗黄色，令人恶心的黄色。请看那支铅笔落入了鱼缸里的那座紫色塑料城堡。请思考给一条鱼安排一座比它体形大那么多的城堡作为居所的主要目的是什么。您会发现这类问题并没有答案。

请关注"目的"这个词，客观地思考以下问题：爱情的目的是什么？您找不到答案，开始感到失望。打开一包家乐氏薯片，强迫自己咀嚼。请体会内心的空虚，那是您的爱情世界缺乏秩序与信念感造成的。拿起那只画着中国龙的色彩绚丽的花瓶，朝着墙上那幅凡·高的《向日葵》的复制品画的正中央砸过去。《向日葵》画框的玻璃碎了一地，旁边的《蒙娜丽莎》还在看着您。您开始对她的笑容感到厌倦。您不是蒙娜丽莎，请为此感到欣喜。她那张脸隐约有种动物的特质，请深思："是因为她名字里的'蒙娜'让我下意识联想到了'母猴'那个词[1]？或者单纯是因为我很讨厌这个女人？"记住，当初是他坚持要买这几幅复制画的。拿起一支红色永久性记号笔，给蒙娜丽莎的微笑画上一对獠牙。模仿杜尚，给她画两撇小胡子[2]。笑。大笑。不要问杜尚是谁，也不要去想他为什么要给一件神圣的艺术品画上小胡子。您没有时间深入研究艺术风格的

---

[1] 蒙娜丽莎（Mona Lisa）名字中的"Mona"一词在西班牙语中的意思是"母猴"。
[2] 1919年，法国艺术家杜尚曾在《蒙娜丽莎》的彩色复制品上，用铅笔给人物加上了样式不同的小胡子。

奥秘，您正在经历严重的情绪危机。讨厌《向日葵》。您意识到自己一直都对这些画深恶痛绝——把这句话补充完整："您一直都对这些廉价的画深恶痛绝"。感受那种厌恶。让它蔓延开来。把《蒙娜丽莎》扔出窗外。看着她和她的小胡子坠落在一个废弃的屋顶上。接着把《向日葵》也扔出去，看着它如何在没了画框玻璃分量的情况下，在街道的一道道电线中穿梭。感受到一种隐秘的快乐，但不要承认，因为您正在经历绝望和愤怒的阶段。注意，有个男人正靠在一辆停着的汽车旁，悲伤地看着您。

把这辆车和另一个关键问题联系在一起：他答应要教您开车，但没有做到。请判定他是个懦夫，然后小声说下面这句话："该死的懦夫。"为自己的大胆感到吃惊。您从不骂脏话。这句脏话的分量完全不及他懦弱的程度，所以请大声喊出来："该死的懦夫！"一字一字、铿锵有力地骂："他、妈、的、懦、夫。"大哭起来："他、他、该死的、呜呜……懦、懦、懦……呜呜……懦夫夫……呼。"

检查一下您的情绪崩溃所造成的附带损害。请注意您只实现了部分目标。

第二步

找一盒舒洁牌抽纸。请注意盒子上印着的迪士尼公主看您的眼神。您渴望变成白雪公主，接下来变成灰姑娘，然后是睡美人。请要求命运让您在水晶床上永远地睡下去,并建议它可以忽略有关美貌的细节。您想在睡梦中永远和他在一起,幸福快乐地吃石鸡①。您是素食主义者,但他从来没注意到这一点。忘掉对肉类的厌恶,一起吃石鸡,因为这是幸福快乐的保证。仔细想想:"我想永永远远和他在一起,这是乌托邦式的空想吗?"把"乌托邦"与"革命"这个词联系起来。回想一下您认识他的时候,他身上穿的那件切·格瓦拉T恤。想想古巴,为那些已获得成果与那些从未实现的革命哭泣。您哭湿十几张舒洁牌纸巾,全部扔在地板上。请坐在电话旁,紧紧盯着它,直到眼睛都痛起来。检查电话是否能够正常使用。检查电话答录机,听到那句"您没有新的留言"时,请压抑住想要砍死那个以毫无人性的音调录制这句话的人或机器的冲动。它甚至还在"没有"那个词上略加强调,故意拆台似的提醒一个事实——没有人打电话找您。

请诧异地看着那个记事本,那是你们在一起一个月的时候他送的礼物。记事本封面是水转印技术②印制的达利③的名画《记忆的永

---

① 经常出现在西班牙语童话故事结尾的一句话(Fueron felices y comieron perdices),字面意思为"他们从此幸福快乐地在一起吃石鸡"。
② 水转印是利用水压将带彩色图案的转印纸进行高分子水解的一种印刷技术,适用于各类制品的表面印花。
③ 萨尔瓦多·达利(Salvador Dalí, 1904—1989),著名西班牙画家,因其超现实主义作品而闻名。

恒》。坦白讲，时间融化的隐喻实在是过于老套，令人生倦，但请允许您自己保留对它的留恋，因为这是他送的礼物。

打电话给他。挂断。

电话铃响起的时候，您感到惊慌失措。请控制自己不要高兴雀跃（虽然这是完全情有可原的情绪）。屏住呼吸，颤抖着拿起电话，感觉到胃里像打了一个结："泥……你好。"提醒：应使用那种像在掩饰痛苦的语气。电话那头是一个业务员，她说可以为您提供一款免费接打电话的亲情套餐。请注意，您胃里那个结现在变成了一群毒蜘蛛，正向着您的嗓子眼爬行。大喊："我没有亲人！"挂断。现在，蜘蛛变成了蝎子。

练习：回忆您一生中的幸福时刻，全部记在一张纸上，标题为《幸福清单》。

目的：增强自信心。

幸福清单：

❤ 我认识他的那一天

❤ 他初次吻我的那一天

❤ 我们在一起一个月的那一天

❤ 他送我一朵花的那一天

- 他搬来与我同住的那一天
- 他送我一颗星星的那一天
- 他说会永远爱我的那一天

结束练习：吃几颗半小时牌糖果①。您感到恶心想吐，但是要忍住，因为那是他最喜欢的糖果。这是最真诚、最热烈的纪念他的方式。

再给他打一通电话。听到答录机的声音，挂断。您感到失望。用手机打过去，听一遍你们共同录制的接待语，那时你们还很幸福："你好，请在'哔'的一声之后开始留言。'哔'——哈哈哈哈哈。"想象您的胸口被打开，里面放进了一颗炸弹。纪念广岛。以犹太教徒和基督教的方式，为那些您不曾认识的逝者感到愧疚；对世上的罪恶，尤其是战争，对死亡，抱有俄狄浦斯②式的愧疚。您做不到刺瞎自己的双眼，痛恨自己没有那样的勇气，不懂得如何应对真正的悲剧，也惋惜自己不是希腊人。回忆起那部电影《广岛吾爱》③。讨厌那个字——"爱"，讨厌法语。大喊："我恨巴黎！我恨

---

① 阿根廷老牌糖果品牌。
② 俄狄浦斯为希腊神话中的悲剧人物。他在不知情的情况下，杀死了自己的父亲并娶了自己的母亲。得知真相后他刺瞎自己的双眼，给予自己比死还要痛苦的惩罚。
③ 又译《广岛之恋》(法语：Hiroshima mon amour)，法国电影导演阿伦·雷乃1959年导演的爱情电影。

爱情！"记得他曾说想在埃菲尔铁塔下向您求婚。仔细推敲这个想法，您将推断出那不仅是一个不可能实现的计划，甚至还是一个不可饶恕的谎言。而您，却相信了。把马桶上方贴的那张埃菲尔铁塔的海报撕碎。请试图思考把埃菲尔铁塔贴在这个特定位置有什么关联性和深意。您有答案了，但请忽略它，因为答案太粗暴、太明显了，既粗暴又明显。

给他打第三通电话。小声说："喂，是我。"您觉得自己很蠢。想象佩内洛普·格莱魅①在向原子蚂蚁②表白。回忆起他曾叫您"小蚂蚁"。大喊："混蛋，我恨你！"

挂断。

把套着淡紫色毛绒保护壳的手机向墙上砸去，砸向这些年来他不断送给您的那些水晶摆件。永远记住这一刻。请看那个水晶长颈鹿瞬间起飞，那个坐在广场长椅上手牵手、半透明质地的情侣摆件应声倒地。走过去，拿起那个摆件，确认它的状态。完好无损。哭泣。握紧它，将它扔出窗外。看它在沥青路面上四分五裂。确认靠在汽车旁那个悲伤的男人刚才是否看到您的行为——如此高空掷物

---

① 佩内洛普·格莱魅（又译作佩内洛普·皮斯托普），动画人物，曾出现在二十世纪六十年代多部美国动画片中，被打造成一个聪明漂亮，但总是等待被拯救的女性形象。
② 原子蚂蚁，同名动画片中的英雄人物，由美国汉纳-巴伯拉动画工厂于1965年创作。

可能会连累某个无辜的路人。庆幸街道上空无一人。吃一些哈瓦那牌甜奶夹心饼，然后叹一口气。看着沥青路面上闪烁着璀璨光芒的水晶碎片，您的内心感受到一种莫名的平静。

去卧室。打开放内衣的抽屉，找到在你们的三周年纪念日时他写给您的信，大声朗读：

美丽的小蚂蚁，我此生的挚爱：

我疯狂地爱着你。我爱你胜过爱我的生命，胜过爱整个宇宙。没有你，活着就没有意义。我爱你胜过爱赛车。

爱你到永远。

您轻飘飘地倒在地上。请把信紧紧贴在胸前，号啕大哭。请想象您自己就像《无名的玛丽亚》中的主演格蕾西亚·科尔米纳雷斯，美中不足的是您的头发只及肩膀[①]。

等恢复了力气后，捡起电话。拨号。试试看它有没有被摔坏。听到提示音时，您安心地微笑。

清算现有的损失，得出"还不够"的结论。您所承受的不幸的

[①] 《无名的玛丽亚》，1985年播出的阿根廷电视连续剧，长达二百二十集，剧情浮夸。主演为格蕾西亚·科尔米纳雷斯（Grecia Colmenares, 1962—)，她在剧中扮演了一头及腰金发，永远温和顺从，最终收获了富翁爱情垂青的女主人公玛丽亚。

分量远远超过一幅在电线中穿梭的廉价画——纠正这种说法，大喊出："在电线中穿梭的狗屎画！"打开窗，大吼一声："狗屎！"

第三步

练习：制作拼贴画。

目的：增进心理健康。

找到和他一起合拍的照片。

把所有照片扔在地上。

根据您当时的幸福程度由强到弱给照片排序。

请在长绒地毯上坐下。这是一张仿老虎皮的地毯，来自一场根本不存在的狩猎。想起他之前说要教您打猎，但您说对杀害无辜动物完全不感兴趣，于是他就送了您一把左轮手枪和这张地毯。

请检视您在棕色地砖上完成的这幅照片拼贴画，感受到身中蜘蛛与蝎子剧毒的苦楚。充满怨怼地说："这是属于我此生唯一的、也是最后的挚爱的拼贴画。"给自己足够的时间不断重复这句话，直到它失去意义。

点燃一支香烟。咳嗽。您不会抽烟，这包特醇万宝路香烟是他收拾行李时忘记带走的。请用香烟烧焦照片里他的眼睛。每张照片里的他都是那么英俊，都在拥抱着您。轻声地说："你害我的心碎成千万片。"前后摇晃身子,设想自己已经进入了一种再也无法回头的状态。您想变成一个连环杀手,但您清楚地了解自己的头脑不够清醒,完全不足以实施一次、两次、三次甚至二十次谋杀。

请躺在地毯上,若有所思地抽烟。

把照片撕了,把碎片放在阳台小花园里的小矮人摆件下方。看着小矮人的脸,您惊讶于它的模样酷似您养的那条鱼,这令人不安。改变想法。把照片放进微波炉,选择最长时间和最高火力。把恩里克(小矮人的名字)扔进鱼缸。不要再去操心恩里克、小鱼"黄瓜",以及微波炉的命运。

结束练习:把握当下,吃一些唐萨图尔牌饼干,凝视着一片虚空。

第四步

您想到电视名人苏珊娜·希梅内斯。苏珊娜·希梅内斯和您所经历的这一切有什么关系?您感到自己的理智正逐渐溶解在一张动物花纹的印花布里。请小心,您的理智就这样一点点被美洲豹、斑马、斑点狗的皮毛花纹遮蔽了。

请注意电视机顶上放着的那只中国招财猫,那是你们去唐人街的大家乐餐厅吃什锦炒饭时他给您买的。可以确认那只猫就是您所有不幸的根源,因为买了它的第二天他就离开了您。去厨房,给锅里接满水,把火开到最大,然后把猫扔进去。让水沸腾。

请跑进卫生间,照照镜子——您脸色苍白,眼圈发黑。承认自己不再是格蕾西亚·科尔米纳雷斯,而是变成了安德蕾亚·德尔博卡在《塞莱丝特》里的样子(而不是《黑珍珠》里的她)[1]。叹一口气,坚定地说:"我没有疯。"请承认这是个谎言。找出那瓶珠光红指甲油,用它在玻璃上写下:"我爱你,你这个可恨又帅气的混蛋。"

您感到一种狂喜,跑到电话旁,给他打第四通电话。电话那头是一个女人的声音。挂断,对自己说:"我拨错了。"打第五通电话,又是那个女人。您发现自己说不出话来。您听到他拿起电话,对那个女人说:"来吧,亲爱的,把电话给我,我的小蚂蚁。"

慢慢挂断。在挂断的同时,您已经完全清楚下一步会是什么。

第五步

走到窗前,用目光测量沥青路面和您身体所在位置的距离。直觉告诉您可能会重伤,但死不了。笑一笑。您不打算这样做。您机械地咀嚼爱情牌饼干——忽然察觉到命运残酷的讽刺,把饼干袋扔

---

[1] 《塞莱丝特》和《黑珍珠》皆为安德蕾亚·德尔博卡主演的阿根廷电视连续剧,分别于1991年和1994年播出。她在两部电视剧中的角色形象相差甚大。

进了垃圾桶。

走向衣柜,打开所有的鞋盒。找到一袋他忘记拿走的衣服,您感到欣喜若狂。把衣服放进洗衣机,加入漂白剂。把那张老虎皮的头剪下来,放进烤箱。开最大火力。继续在鞋盒里翻找。找到他送您的那把枪。确认枪里有子弹。您回想起米尔塔·勒格朗[①]有一次说过,女人不会开枪自杀。那是在某一集《与米尔塔午餐》节目里,她说:"女人自尽要么是服毒,要么是服药,因为这种方式没那么血腥,她们赴死前还要考虑活着的人,不想让他们费心收拾残局。"您拒绝这种落后的想法,但佩服勒格朗女士的常识。毫无疑问,您出事的话他是唯一的联系人,这一点让人满意。他造成了如此无法弥补的伤害,不配获得一个干净的死亡现场。

拿着那封充满爱意的信,缓缓走到客厅。寻找图钉,才想起他把所有的图钉都拿走了。寻找透明胶带,也没找到。现在打开医药箱,取出创可贴。用两片创可贴把卡片粘在墙上——一片的图案是凯蒂猫,另一片是史努比。

坐下来,四周是一片狼藉,是您已经崩塌的情感和物质世界,是切实具体的伤害。看看那封信,感叹:"我还年轻,不应该去死。"这大概率只是句空话。拿起枪。有些兴奋地微笑。拿枪抵住

[①] 米尔塔·勒格朗(Mirtha Legrand, 1927—),阿根廷著名女演员,电视节目主持人。

右边太阳穴的位置。让自己相信这是在做正确的事情。请说:"这是正确的。"重复一遍。笃定地说:"这是正确的。"

停下来。深呼吸,放下枪。审视一遍自己的想法。让头脑放空,专注地观察。您发现自己是蒙娜丽莎,被水晶长颈鹿包围,站在一片向日葵园里,准备去捕猎长毛老虎,好把它交给住在紫色城堡里的小矮人恩里克和招财猫,城堡里的塑料时钟在他和电话里那个女人的爱情之火中融化,他们站在埃菲尔铁塔顶上看着您笑,与此同时,小鱼"黄瓜"正在和那个半透明质地的情侣摆件共舞——它从窗口坠落,正正地砸在那个悲伤的男人头上,他正在小声对佩内洛普·格莱魅说:"我爱你胜过爱赛车。"大喊:"够了!"然后扣动扳机。子弹穿透头颅的那一瞬间,想象一种粉红色的平静。粉红夹心糖。

安妮塔与幸福

巴勃罗憎恨安妮塔,因为他从认识她那天起一直怀疑一件事,却始终无法证明:安妮塔是个外星人。

他讨厌她的名字,不像安娜一样简简单单的。安娜会有各种现实具体的问题,比如蜂窝织炎、未付的账单,或是焦虑于人类只是两个未知数中间的一个括号。而安妮塔让人联想到一个毫无防御力的人,一个身材纤弱、身患慢性疾病的女人,一个要靠别人照顾的女人——这都是因为她名字词尾那个"妮塔"的指小词①。不过安妮塔当然远不止于此,因此巴勃罗决定爱上她,哪怕只是为了确认她那柔弱的外表下是否隐藏着征服宇宙的智慧头脑,或者是一个不知疲倦地猎杀人类的掠食者。

安妮塔的怪异表现之一就是对工作上瘾。谁会对社区图书馆图

---

① 西班牙语中在名词的词尾添加指小词可以指称体形较小的人或物,也可以表达爱怜与亲昵。安妮塔(Anita)就是在安娜(Ana)的基础上加了指小词尾(ita)。

书编目员的工作上瘾呢？她得到这份工作是因为她的记忆力超群。巴勃罗一开始以为她患有某种程度的自闭症（她是那么沉默、刻板、机械），但当她行云流水般背诵出一本超分子化学书的第一章，并告诉他这门学科是她的挚爱之一时，巴勃罗开始疑心安妮塔有些不对劲。

在说话之前，安妮塔总是缓缓闭上眼睛，好像在启动某种内部装置来控制她的言语。她经常以"我在想啊"这样的句子开头。比如她先闭上眼睛，然后对巴勃罗说："我在想啊，我们应该发生性关系。"巴勃罗看着她，反驳道："你的意思是想让我睡你，狠狠地睡你吗？是这意思吗，安妮塔？"他故意用愤怒、鄙夷的口吻念出"安妮塔"三个字。她闭上眼睛，脸上的表情俨然一位给所得收入表上盖章的公务员，答道："我在想啊，是这个意思。"然后她站起身，脱掉衣服，好像她接下来准备去擦窗户，或是去扔掉过期药品似的那样有条不紊，又带有某种不希望巴勃罗（这个人类）察觉到的倦意。她脱光衣服，在床上躺下，张开双腿，眼睛死死盯着天花板，不发一言。这类似于禁欲主义的仪式反而让巴勃罗兴奋起来，他感到有点难为情。

他越来越肯定安妮塔肩负着另一个星球交予的使命："你会叫作安妮塔，因为这个名字听起来很甜美；你在思考的时候需要闭上眼睛，因为这样显得思想深邃；你需要对工作上瘾，这能让你显得更严肃。等你融入了以后,你就需要收集尽可能多的信息,以便我们日后奴役人类这个低等、有缺陷的种族。但你需要和他们中最优秀的样本结合。"正是出于这个原因,巴勃罗接受了安妮塔的许多异常表现,比如她格外痴迷于邻居们收到的信件,以及邮递员——只要邮递员一出现,她必在暗中监视他。安妮塔会偷取人们的信件,读完后又把它们还给邮递员。巴勃罗确信这些信上有来自X星球的指挥官的加密讯息,她必须对其进行处理,而邮递员本身就是他们的人,也是一个外星人。当安妮塔毫无征兆地消失数小时甚至数天时,他也从不过问,因为他明白她需要和她的外星人同类们沟通交流,定期上交有关地球人风俗习惯的报告。

安妮塔从不说脏话。有一天,她的手指划伤了,她说:"阿根廷共和国,我割破了手指。"巴勃罗忍不住大笑起来,笑着笑着甚至产生一种想把她丢下悬崖的冲动。每逢这种时候他心里总会琢磨,安妮塔这个所谓的星际猎人可能只是个因为低能被驱逐出X星球的外星人。

巴勃罗爱她,但又忍不住憎恶她。当他幻想着自己抓起一把刀,将她劈成两半,终于在她体内找到外星人的存在时,他总会用一种半是钦佩半是反胃的眼神看着她。而她则一脸迷惑地闭上眼睛,面孔仿佛是一块抛光了的水泥地,她说:"我在想啊,我们现在应该性交。"巴勃罗带着一种不明就里的幸福感,投身于这项圣洁的人类仪式。他时刻留意着她身上有没有某种装置、隐藏的按钮，或是某个能打开的机关，能证明安妮塔只是外星人藏身的壳子。她似乎并不怀疑巴勃罗那些具有探索目的的爱抚。他认为这是因为她太过专注于牢记各种体位，以及要在适当的时候发出呻吟：噢，唔，是的，嗯，上帝，再来一个短促的"啊"，但要比之前的叫声更有力量——这是为了让巴勃罗注意到她在应该达到高潮的时候达到了高潮。她的身体从未震颤过，巴勃罗担心自己没当好外星人的情人，彻底让对方证实了人类的无能。

随着时间的推移，安妮塔的失踪越来越频繁，巴勃罗开始怀念起她每次忽然出现在他面前时，在他心中激起的那种偏执情绪。她总是凭空出现，无声无息地看着他，好像他是个陌生人似的，然后闭上双眼，说："我在想啊，我们需要进行繁殖。"巴勃罗对她的措辞感到既厌恶又兴奋，一想到他们可能会生下一个混血种，他不禁又怕又喜。

有一天，安妮塔彻底消失了。巴勃罗感到很自豪，因为这意味着她已经返回 X 星球，上交了与人类巴勃罗一起生活的报告——一个杰出的人类。邻居们说安妮塔甩了他，跟邮递员好上了。巴勃罗不理睬他们的那些风言风语，只是怜悯地看着他们，因为他们只知道自己生活中的鸡毛蒜皮，完全不了解真相。

一天下午，他终于在地铁上看到了那张他日思夜想的六边形的脸。他走上前去对她说:"安妮塔,你在这儿做什么呢?"那女人答道:"我不是安妮塔。"巴勃罗犹豫了一下,还是坚持说:"行了,安妮塔,别闹了,我们回家吧。"她闭上了眼睛,说道:"我不是安妮塔,我叫克拉丽塔①。"巴勃罗仔细地打量着她,发现她和安妮塔像是一个模子印出来的,但眼睛和头发有些不同,这一位更漂亮些(如果可以这样形容一个外星人的话)。巴勃罗想:"入侵已经开始了。"他惊喜交集,在她身边坐下,微笑着说:"你好,克拉丽塔,我叫巴勃罗。"

---

① 克拉丽塔(Clarita)是在常用女名克拉拉(Clara)的基础上增加了指小词,与安妮塔同理。

洗碗机

爱情会将你耗尽，带走你身体的大部分的血液、糖分和水分。你就像一栋逐渐断了电的房子，风扇转得越来越慢，灯光暗淡，摇曳不定，时钟走走停停。

——洛丽·摩尔[①]

一

曼哈顿在简的脑袋上开了很多个洞。它做得简单粗暴，把简的大脑完全击碎！简想象着自己的大脑在夜间被秘密送往一家滤盆厂，被人扔在传送带上，剩下的就都交给机器了。但最让简痛不欲生的并不是这种感觉，而是光。

简对凯莉说：你知道吗，纽约街头让我最受不了的就是凝固的空气，凝固的光。凯莉不解地看着她问道：凝固？你在说什么

---

① 洛丽·摩尔（Lorrie Moore，1957— ），美国作家。

呀，简？我不明白你的意思。简叹了口气，她讨厌朋友这副天真烂漫的样子。哎呀，简，给我解释一下啊，你总是讲些奇怪又深奥的话，把我都搞糊涂了。简注视着她，微微一笑：你是不会明白的，凯莉，这只是一种感觉，好像万物会断裂成巨大的碎片，让我喘不过气。

好吧，简，那我来告诉你，这是不可能的。这都是因为你想象力过于丰富了，你应该去看医生，简，你明白的吧，我拿你当朋友才这样说的，你说对吗？你看起来累坏了。简埋怨自己为什么要让对话朝着这个方向发展。现在她完全知道接下来会发生什么，于是点了一支烟，这样就不用听凯莉滔滔不绝了。噢，上帝啊，简，这话我跟你说过多少次了，你应该去看看韦塞尔曼医生。上一期的《纽约客》杂志推荐了他，说他是本市最好的医生之一。他得了五颗星呢，而且他用的家具都是富美家的，品位真是没的说。我在《时尚芭莎》六月刊上看过他公寓的照片。而且他很有魅力，简，你知道吗，他是个鳏夫。说到这里，凯莉和往常一样朝她挤了挤眼睛，然后静静地看着她。那种眼神总是让简觉得不舒服，她觉得凯莉的大脑好像有的时候会停摆，没有跳动，是完全静止的。简又给她倒了些柠檬水：凯莉，你说得对，我会去看医生。这句话为当晚的谈话画上了句号。凯莉收拾好东西，站起身来，扬起手给了她几个飞吻，转身离开了。

简讨厌凯莉的飞吻,现在想想,她甚至讨厌凯莉,讨厌她的一切,但她还没能让凯莉明白她是不受欢迎的。简已经尝试过各种方法,但凯莉就像一台社交机器,其唯一的功能就是对各种无关紧要的人进行无关紧要的拜访,让他人的生活变得更加可悲、更加渺小,然后她再以她的飞吻离场。另外,凯莉的流程总是一成不变——按门铃,进门,开场白总是有关她和另一个人的另一场会面,好像每一场会面之间都是连续的,没有什么明显的停顿:"汉密尔顿太太一直笑啊笑,你懂我的意思吧,对嘛,她笑得像个疯婆子,头上戴着那个红波点的蝴蝶结,早就过时了。其他人看她的眼神都特别不满,但她还是不停地笑,最后蝴蝶结都滑到一边去,把整个发型都毁了她也不在乎。她应该注意自己形象的,你说对吗?因为她现在是离了婚的女人啊……"说到这里,凯莉忽然沉默下来,在这沉默之中充满了对一个人,一个女人的反感——她竟然丧失了理智,摧毁了婚姻这样神圣的艺术品。简明白凯莉之所以没有彻底鄙视她,是因为她还是单身,还有希望。凯莉会肩负起责任,引导她走上正确的契约爱情之路。"……一个离了婚的女人,你明白我的意思吗,简?她怎么敢这样呢?"而简只来得及说了一句"你好,凯莉",就跟着她走进厨房(明明是她自己家的厨房),看到凯莉自顾自拿出一个深口盘来放她带来的三明治。"我告诉你吧,我丈夫跟我说,汉密尔顿太太疯了,就这么简单,你明白吗?"简觉得凯莉不仅是一台社交机器,还是一台懦弱的机器,因为每当她想说某人的坏话,她就说自己是在引用丈夫的话。简想象在凯莉的世界里,她的丈夫就像那台社交机器里的一个微不足道的齿轮。简想象着凯莉的丈夫是一颗螺母,或是一颗螺丝,手持一瓶啤酒,坐在一旁观看纽约洋基队对波士顿红袜队[①]的比赛,与此同时凯莉一边和他说话,一边给他递上三明治。但他不是一个人,他只是构成她全部生活的金属结构中的一个零件。她知道凯莉的丈夫绝对不会说出"汉密尔顿太太是个疯女人"这样的话,或是"凯莉,你的朋友简不讨人喜欢,她缺少某种闪光点,你懂吗?我说的是那种有女人味的女人才拥有的光芒。你的朋友简是黯淡无光的,所以她才单身"。不,这样的话只有凯莉那张机械一样的嘴才说得出来。她知道,在那些流水线一样的会面中凯莉已经把这些话对那些无关紧要的人讲过很多遍了。简选择接受凯莉,就像接受生活中其他不可避免的烦心事一样,或者像接受昆虫和冷冻肉品的存在一样。

简在犹豫去看韦塞尔曼医生到底是不是个好主意。她看了看镜子里的自己,叹了口气。她的皮肤很紧绷,这给她增添了成熟女人的气质,是那种已经看透快乐与青春的价值被抬得过高,并坦然接受的女人。她点燃一支烟,开始寻找烟灰缸。烟灰缸就在桌子上。

---

① 堪称"死敌"的两支美国职业棒球大联盟的球队。

她停了下来——每当找到某样固定不变,却拥有生命的东西时,她总会这样。没人可以断言一块椭圆形的陶瓷制品绝对是没有生命的。总有一些什么,比如某个小细节会让她产生怀疑。日常生活中那些怪诞的痕迹令她惊恐——那些我们的眼睛在看却看不见的东西,其本质不为我们所知。灯光投射出被捻灭的烟蒂堆的影子,使得它们拥有了实体,这是简不愿意接受的。她希望那些烟头的尸体可以消失在空气中,或是消散在灯光里。然而它们绝不肯离去,而简必须学会与恐惧共处。然后她想到自己的大脑就是一个滤盆,如此一来她是不是不应该抽烟。她想象着烟雾从脑袋的孔洞里逸出,变成不透明的晶体,在空中飞舞,逐渐堆积,最终令她窒息。她被这幅画面逗笑了,但她的嘴角仍纹丝不动。

简走进厨房,打开冰箱。要不要解冻一份炖牛肉?她不太喜欢这个想法,但她宁愿一边吃饭一边看《我爱露西》[①],也不想到速食店就餐,那里的员工对她就像对陌生人一样。她也不明白为什么会这样。她的一个理论是,青少年店员的荷尔蒙分泌旺盛,连那些几乎每天都打照面的人都记不住,何况是她。另外,他们粉嫩的皮肤上长的青春痘也让简很不舒服,让她想起猪油。她知道青春痘投射下的影子有害健康,所以她从不直视那些店员。她觉得他们长得都

---

① 美国著名电视情景喜剧,1951年播出。

一样，一个模子印出来的似的。她再努力也分辨不出他们谁是谁。但是她还是一直去那家速食店，因为她知道且百分之百确定那里的炸薯条是全城最好吃的。

她走进浴室，看着镜子里的自己。她脸上有几处小块的瘀伤，也不知道是怎么搞的。她想，事物的影子可能会对人体产生冲击力，留下别人都看不到的印迹，唯独她可以，因为她能辨认出事物实体真正的重量。有了这个想法后，简决定去找韦塞尔曼医生，不是因为她觉得自己的大脑有窟窿，或是为了减轻那种损伤的感觉，而是因为她和凯莉的对话需要换一个话题，她要让那句话从她们的会面中彻底消失："噢，上帝啊，简，这话我跟你说过多少次了，你应该去看看韦塞尔曼医生。"

二

简打电话到韦塞尔曼医生的诊所预约。秘书询问她的症状，简只想到一个：因为光。电话那头是一阵令人不适的沉默，她很后悔没有提前想好一个像胃痛或慢性偏头痛之类的说辞。秘书问道，那么罗森奎斯特太太，您是视力方面的问题吗？简很想回答说不是，但最终还是答道：对，没错，就是这方面的问题。然后她又补充道，我是罗森奎斯特小姐，不是太太。看诊的时间预约好了。

她回到卧室，打开衣柜。她想让自己看起来漂亮点，于是选择了一套专用于特殊场合的衣服。她希望给韦塞尔曼医生留下好印象，毕竟他是个鳏夫，而她还是单身。这个想法让她很不舒服。她埋怨凯莉，怪她带来的那些该死的三明治和破坏性的负面影响。一怒之下，她决定脱掉那套衣服，赤身裸体地站在房间中央，不知道下一步怎么办。她看着镜中的自己。她的芳华在消散。随着岁月的流逝，她只剩下一些淡淡的美，一种没有了实体的美。她是漂亮的，但并不完美。脸上那些小小的瘀伤让她对自己的容貌没了自信，皮肤也愈来愈难以负担她画的浓妆。她发现脸上已经逐渐沉积了一层薄薄的粉底，颜色发黄，有些角度还显得灰扑扑的。但她宁愿如此也不想看到那些瘀伤。电话响了。

"喂。"

"简，我是莎伦。"

"噢，你好，妈妈。"

"简，别叫妈妈，是莎伦。我要跟你说多少次啊？叫我莎伦。"

"你好，莎伦。"

"我现在在夏威夷。"

"这我知道，你上周打电话说过了。"

"比利正在游泳池边练弓箭步呢。我恋爱了，简，你一定要见见他。他是黑发，肌肉闪闪发亮的，漂亮极了。"

"那查理呢？"

"查理？你说的是谁？"

"上周你爱上的那个查理。你说他有世界上最漂亮的屁股。这是你的原话，妈妈。"

"噢，对！没错没错，那个查理……我更喜欢比利，他有一辆敞篷跑车，而且还更年轻。他每天早上都对我说：'宝贝，你是我的小公主。'"

"他压根儿不知道你多大岁数了是吧？"

"别胡说了，简。"

"对不起。"

"听我说，简，管好你爸爸给我们留下的钱，别乱花。爸爸不希望你乱花钱，你知道的。"

"爸爸已经死了。他管不着我们怎么花那些钱。"

"别生气，简，我只是不希望咱们饿肚子。"

"现在没在打仗，妈妈，我们不会饿肚子的。"

"这我知道，简，但你要是不帮我，我真的不知道该怎么办。"

"你非常清楚，我把钱都投资在能盈利的生意上了。你的夏威夷之行就是最好的证明，妈妈，噢，不是，莎伦。"

"咱们不要谈钱了，简，你知道我不喜欢说这个，我觉得特别没品位。"

"那你想谈什么？"

"你怎么不来夏威夷享受一下,在海滩上喝一杯?这里的小伙子很帅,皮肤都是古铜色的。"

"我不喜欢古铜色皮肤的人,像披着一身死皮。"

"我的天哪,简!你总是说这种讨厌又奇怪的话!你最近谈恋爱了吗?"

"没有。"

"我猜到了,你的声音……"

"什么声音,妈妈?"

"莎伦。"

"什么声音,莎伦?"

"就是那种单身女人的声音,简,你很清楚我什么意思。"

"不,我不懂。我要挂了。好好享受你的新品。"

"你什么意思?我什么都没买。"

"你很清楚我什么意思,妈妈。"

简挂断了电话。

她系上浴袍,躺在沙发上。她想抽烟,但是烟被她留在卧室里了。她仰望天花板。她回想起以前约会过的男人,完全记不起他们的屁股是什么样子了,就连她曾有过的唯一的男朋友的屁股她也没了印象。她想起约翰,他是专拍证件照的摄影师。他的手很小,像玩具似的。在他们第二次约会时,他先是叫她斯黛拉(简已经跟他说过很多次她不叫斯黛拉），然后想吻她。她又想起鲍勃，他那尖锐的嗓音像一个失声了的女人。他带她去一家意大利餐厅，点了鸡肉和沙拉，和她分着吃。他在一家糖果厂上班，他们约会的时候，他一刻不停地谈论着市面上存在的所有糖果的不同制作方法，以及要怎么生产新的糖果，它们现在还不存在，但在不久的将来就要存在——因为他会创造出它们的存在。简问他为什么如此热爱这份工作（以及"存在"这个词），他回答说自己并不热爱工作，只是不知道还能聊些什么。她想起迈克，她曾经的男朋友。他甩了她，和一个外国舞女在一起了。那个姑娘讲法语，职业是图书管理员。她用的是廉价香水，戴着一个黄金十字架挂坠。简一直把她想象成某种协会的首席代表，姑且将之命名为"残忍笃信会"吧。迈克厌恶十字架，认为那是一种刑具，但显然他对其厌恶的程度还远远不够。她记得这些最荒唐的事情，却不记得那些男人屁股的样子。

门铃响了。简知道是凯莉来了。她提前锁上了门，因为她知道凯莉可能随时会带着她的三明治和飞吻到访。简没有起身，现在她没有精力应对凯莉，便任由门铃乱响一气。凯莉就像一台真正的机器，设定好了会面的程序，如果程序走不通，她体内的齿轮就会开始生锈。正因如此她连续按了五分钟门铃，她相信这样一来就会有人代替缺席的简，她的内部程序也就不会出现冲突。简很享受这一刻，可以偶尔放纵自己报复一次。一旦用来会面的时间空出来，凯莉完全不知道该如何打发空闲时间，而简则心满意足。她想象着凯莉的大脑短路了，耳朵里冒出了五颜六色的烟，眼睛瞪得圆圆的，一刻不停地转。

凯莉走了以后，简回到了卧室。

她看着镜中的自己。她不明白为什么她看上去不像个有钱人。她不明白为什么她不能拿着赚来的钱去商场，买十个鱼缸养热带鱼，或者买一整套秀兰·邓波儿娃娃①，又或者买些酒杯，放在游泳池边上（她还没有游泳池但也应该买一个）用来喝马提尼酒。她还需要一个无用的宠物。一只吉娃娃。就叫它拉尔夫吧。她和拉尔夫会穿上水手服，戴上配套的帽子。这些才是有钱人该做的事情。这些都是她妈妈莎伦正在做的事情。简想她真的应该去檀香山，收集游泳池边那些酒杯里的彩色小纸伞，她妈妈莎伦则到处寻觅晒得最黑的小伙子，好给他装扮成水手的样子，就像拉尔夫那样。但是简没有精力去做这些，纯粹就是因为没有精力。她知道自己为什么没有精力去买那些秀兰·邓波儿丑娃娃，或是追逐长着漂亮屁股的小伙子——她憎恶有钱人。但她依旧不断在赚钱，因为只有这样，她才能不去思考物体的影子以及她脑袋里的灰烟，正在这个空间里逐

---

① 以美国童星秀兰·邓波儿为原型的玩偶，于1934年上市，价值不菲。

渐被冻结。

她最终决定穿黑色套装。穿那身衣服看医生有点过于正式了，但能让她看上去有一点企业家的气质，是那种花时间在各种统计和复杂数字上的人，而那些东西别人都看不懂，只能佩服她。她用一根绿色的发带把头发扎起来，又选择了与眼镜镜框相配的金色耳环。她看上去很正常，全然不像那种会认为曼哈顿的光在她脑袋上开了很多个洞的人。

三

秘书瞥了简一眼。她在候诊室最里面找了个座位坐下，翻开一本书，但读不进去。她太紧张了，无法清晰地思考。她点燃一支烟，四处寻找烟灰缸——在桌子的另一头，它是白色的、椭圆形，它是活的。简停了下来。旁边有一盆植物，她决定把烟灰掸在那里，这样就不需要靠近烟灰缸了。她到底为什么要预约来看病？秘书正嚼口香糖嚼得起劲，节奏像牛嚼草似的，但她年轻漂亮，妆容精致，那种咀嚼的律动在她身上是撩人的。简希望自己是一个有钱的企业家，就可以嘲笑这种女人了。但我确实是个有钱的企业家，简想，我只是不可能成为一头撩人的小鹿——这是简多年前就开始构思的形象，是男人想要的女人的形象。一头受邪恶猎人摆布的孤儿小鹿，被一个穿着蓝色斗篷的勇敢的年轻人救下后摇身一变，成了唱着"咘——咘——滴——嘟"的贝蒂娃娃①。简总是要面对这个难题：撩人的小鹿需要有人来供养和保护，但她有足够多的钱，还配置了全套的保险（她住在曼哈顿的一间砖砌式公寓，却连防白蚁险也购买了）；另外，她觉得贝蒂娃娃很畸形，有巨头症——简是在字典里找到这个词的。贝蒂的头实在是大得不成比例，但嘴巴又小得离谱。再说，那句"咘——咘——滴——嘟"到底是什么意思？

那头撩人的小鹿拿起电话，没有起身，对她说道：

"韦塞尔曼医生在等您，劳驾您进去。"

简没有回答她。劳驾您进去？她好像有点没礼貌。简把书收起来，想了想又把书从包里拿了出来，拿在手里，这样她感觉没那么紧张。

"罗森奎斯特小姐是吗？很高兴见到您。"

"幸会。"

"您在读福克纳？这本书太棒了，您知道吗，这是我的最爱之一。"

简不知道怎么回答，默默地坐下了，把书紧紧地抵在胸前。她

---

① 贝蒂娃娃（Betty Boop），经典卡通人物，形象娇俏性感。"咘——咘——滴——嘟"是其中一段经典的拟声歌词（boop-boop-a-doop），没有实际含义。

会选择白色的礼服，配上几朵小小的紫丁香花。教堂由他来选，毕竟他是个鳏夫。他们会生两个儿子，班吉和昆丁，然后再生一个女孩，叫凯蒂。他们会告诉大家，三个孩子的名字都是取自那本让他们坠入爱河的书①。人们会满脸羡慕地看着他们。他们会住在曼哈顿郊区的一栋房子里，房子带有大花园和游泳池，班吉会有一座树屋，昆丁会打扮成牛仔的模样，凯蒂则骑着一匹长着黑色斑点的小马驹。他教她打高尔夫，而她会在炎热的下午准备好草莓蛋糕和柠檬水。他们会一起讨论她妈妈莎伦糟糕的行为，他会一如既往地给她一个吻，对她说："你妈妈她就是这样，亲爱的，这你知道的。"然后他们一起笑起来。

"您感觉还好吗，罗森奎斯特小姐？"

"是的，很好，不好意思。"

她原本想展示她在福克纳那本书的空白处写的笔记，告诉他在那些夜晚，她是多么想把那整段整段的文字读给一个人听，读给他听。但她最终还是保持了沉默。她觉得脸上火辣辣的，很庆幸那层粉底可以遮住她的羞耻感。

"您是为什么来看病呢？"

班吉、昆丁和凯蒂会在周日早上用热巧克力和前一天烤好的蛋

---

① 班吉、昆丁、凯蒂为福克纳的小说《喧哗与骚动》中的三兄妹。

糕叫他们起床。凯蒂会展示她的画,班吉会讲起他在花园里发现的新昆虫,而头发乱糟糟的昆丁则微笑着认真听他们讲话。

"我觉得,我视力方面有点问题。"

"具体是什么问题呢?您的视力下降了吗?"

他将成为她的知己,当他结束了每日的工作,她会在门廊上拿着一杯冰啤酒等候着他,他会问:"今天过得怎么样,我的小公主?"她会讲起孩子们的冒险行为,以及那股灰色烟雾已经完全消失了。他会抱着她,对她说:"这太好了,宝贝。你是我的宝贝,你知道吗?"

"不是,不完全是。在我身上发生了奇怪的事,嗯,奇怪的事,也许可以这样说。我感觉曼哈顿在我的脑袋上开了很多个洞,而且所有东西都是活的。"

"我不明白。"

"比如我们怎么能确定这个烟灰缸不是活的?而且,我害怕物品投射下的影子,它会打在我脸上,留下小小的瘀伤。"

"啊哈。"

啊哈?如果他们有三个孩子和那样的一座门廊,他绝对不会这样说话。

"这就是我的情况。我抽烟的时候,大脑里就会充满灰色烟雾,然后我就想象烟雾从我脑袋的孔洞里逸出,变成不透明的晶体,在空中飞舞，逐渐堆积，最终令我窒息。就是这样。还有物品的影子，我感觉它们是活的。我觉得自己……破损了。这种问题不是去夏威夷度个假就能治好的。"

"我明白了。"

他不明白。简攥紧了手中那本书。

"您服用过镇静剂吗？现在有一种非常有效的药物，叫地西泮。"

"我不需要药物。"

"当然不需要，这只是一个建议。"

"您知道，福克纳曾经在锅炉房写作，因为烧锅炉是他的工作之一，他也是英国皇家空军的飞行员，还做油漆工粉刷门和天花板，做大学里的邮政局长，还……"

"对，当然，没错。给您，这是地西泮的处方。有任何问题您都可以给我的秘书打电话，让她再安排一次预约。很高兴认识您。"

但他的高兴还不足以让班吉去上大学，让昆丁周游世界，让凯蒂变成一名"猎鹿人"。

简缓慢地站起身。她拿起处方，让它悬在半空中，不知道该拿它怎么办。医生把她送到门口，在她背上轻轻一推，就把她打发走了。

秘书把账单交给简，然后用嘴里的口香糖吹了一个泡泡，在她脸上爆开了。她看着医生微笑了一下，但他没有看到。于是她把手轻轻地放在韦塞尔曼医生的肩膀上，扑闪着眼睛，说道，对不起呀，医生。他拍了一下她的屁股，咬了咬嘴唇。她笑了，向他挤挤眼。医生离开后，秘书看着简，嘟囔道，您还有什么事儿吗？她一边说话一边嚼着口香糖，那个律动和"咘——咘——滴——嘟"的节奏一样。

简觉得自己就像一头受伤的鹿，一头默然又悲伤欲绝的鹿。

四

她离开诊所，直奔购物中心，买下了一台最大、最贵、最无用的洗碗机。

五

"大家都在说，有人看到汉密尔顿太太和奥登堡先生在一起。她脸皮可真厚！她怎么敢？她是个刚离婚的女人！女人总得注意形象，尤其是离了婚的女人。我丈夫说她是个荡妇，没有道德的女人。"

"你好，凯莉。"

凯莉取出三明治，放在深口盘里。

"新洗碗机?"

"是的,从诊所出来后买的。"

"什么诊所?"

"韦塞尔曼医生的诊所。"

凯莉被三明治噎住了,咳嗽起来。她喝了一口柠檬水,喊道:

"上帝啊,简!你为什么不给我打电话说你去韦塞尔曼医生那里了?他特别性感,特别有魅力,是不是?"

凯莉的眼神变得疯狂,不受控制地睁开又闭上。她开始轻轻地拍手。简心想:凯莉拍手的动作就像她的飞吻,只不过方向是垂直的。简觉得这台机器即将崩溃,很可惜她没有亲眼见到。

"你们什么时候约晚餐?"

"永远不会。"

"哎呀简!真不好意思。不过你好歹还有这台洗碗机,对吧?"

"啊哈。"

"他给你开了治疗视力问题的药吗?"

"地西泮。"

"这不是给那个什么……的药吗?"

"给谁?"

"疯子。"

"噢,没错,正是。"

凯莉站起身，整理好她的东西，走了。简从来没想过连机器也会感到恐慌。真可惜，这次没有飞吻了，她这样想道。

她点起香烟，心醉神迷地观察着空气中积聚起无穷无尽、五颜六色的晶体。

土　地

土地在灼烧着我。土不干燥，它之所以灼烧着我，是因为炎热，因为太阳炙烤着，正一点点抽走地里的水分。我的爸爸就躺在土地的下方。我的一双赤脚踩在这让我灼痛的土地上，踩在爸爸的身上。因为热，我把鞋子脱下来扔了，现在找不到了。我希望现在是夜里，那样就能凉快下来，我就能躺在爸爸的身边，虽然距离很远，因为他在下面，而我在上面。

他总是希望我待在他身边。"卡米拉，你去哪儿？过来，我在叫你呢。""来了，妈妈让我帮忙洗碗。""你不要洗碗，一个碗都不许洗，我要让你有一双大小姐的手。让你妈妈自己洗。"妈妈用力拧开水龙头，水流打翻了堆积如山的碗盘，但她不在乎打碎东西。

妈妈不再看我。这是从爸爸只想让我待在他身边的时候开始的。发生了那件事之后，她就不再跟我说话了。她总是坐在一把摇椅上，盯着墙壁上的一个点。"妈妈，你在看什么？""卡米拉，别烦你妈妈。过来，爸爸给你看样东西。"妈妈一动不动地坐着，那把摇椅也一动不动。她盯着墙上的一个点，如此静止，面孔苍白，仿佛就要凭空消失了似的。

现在我也正盯着一个点，想要摇晃身体，但我做不到，因为太阳暴晒着我的脑袋，晒痛了我的眼睛。我不得不闭上眼睛，就像爸爸以前每次走进我的房间时那样。

这里没有人献花。这里是黑栅栏墓地，离我们的村庄非常远。因为太远，妈妈花光了所有的积蓄，租了一辆木板车，雇了两个男人，花了两天时间，才把爸爸运来这里。爸爸没有十字架，也没有花，但我用一张捡来的报纸给他折了一朵花。贝蒂教过我折纸花，还有纸鸟。贝蒂总是和妈妈一起喝马黛茶。我小的时候，她总会给我带糖果，还和我一起用她送我的水彩笔画画。但是那一天过后，如果我走进厨房时遇到贝蒂和妈妈聊天，她会立刻闭嘴，妈妈也会沉默不语。有一天，我告诉妈妈我要去小卖部，但实际上我没有出门，而是藏在了厨房的桌子下面。谁都看不到我，因为我被桌布遮得严严实实。没过一会儿，贝蒂来了。"那丫头在吗？""不在，去小卖部了。""你打算怎么办，诺丽塔？""我不知道。""你是什么时候看到他们的？""一个月前。""他们看到你了吗？""没有，我想没有。""情况只会越来越糟。""我知道。""去告发他。""他会杀了我的。"长久的沉默。我好像听见了妈妈的哭声。

我讨厌那条黑裙子。爸爸死的那天，妈妈把它拿给我。我不想穿。妈妈把黑裙子放在我床上，命令我穿上。但她不是用语言命令的，她只是站在门口，看着我，直到我穿上为止。土地逐渐变得干燥，但还是柔软的，有蚂蚁和甲虫出没。我喜欢杀蚂蚁玩儿，但甲虫让我恶心。我站累了，便坐了下来。我才不管裙子会不会弄脏，这不重要。蚂蚁排成了一列，终点是地里的一个小洞。我在它们前方放上树叶、小木块和石头，这样它们就跟不上队伍，只能在障碍物上翻山越岭了。有些蚂蚁迷了路，好像有点茫然，但很快又找到了队伍，消失在那个小洞里。爸爸经常让我站很久。一开始我会抱怨，跟他说这样很痛，我不喜欢这样，但他看着我微笑，堵住我的嘴，继续下去。红色的蚂蚁在叮咬我。我杀了它们。

我又饿又渴："妈妈，我渴了。"妈妈总会从冰箱里取出玻璃水壶，慢慢地给我倒水。水杯在被注满的过程中会发出悠长的水流声，水滴溅得桌上到处都是。我总会跑过去，紧靠在桌边，让水滴落在脸上。妈妈会看着我，微笑着亲吻我的脸庞，用她的嘴唇给我拭去水渍。那是在我很小的时候，那时爸爸经常出差，几乎从不在家。后来，他被解雇了，就再也不出差了。一只甲虫爬过我的脚。我先任由它爬，后来把它扔开了。真希望我有那种妈妈用来杀死花园里所有昆虫的毒药。阳光照在甲虫的翅膀上，看上去五颜六色。我希望它放过我的脚，但它还是继续爬。

妈妈跟那两个男人走了。她把我留在这里，留在黑栅栏墓地。

他们在地里挖了一个洞，把爸爸放进去，埋起来。妈妈让他们在车上等着，给我们一点独处的时间。等他们走远了，妈妈看着那深色的土地，啐了一口唾沫。然后她又朝着我啐了一口唾沫。我站在那儿，不明白为什么。妈妈走了。我想跟着她，但我一跑到她跟前，她就揪住我的头发，把我拖回爸爸的坟前，推到那片潮湿的土地上。我好不容易站起来，但她已经坐上了板车。我拼命跑，却怎么也追不上她了。

那是昨天的事了。我知道她不会回来。我知道，是因为爸爸死的那天，我藏在厨房的桌子下面，听到妈妈对贝蒂说："我要把他埋在很远的地方，埋到黑栅栏墓地。""为什么去那么远？""因为我受不了他待在我身边。""但那就很贵了，诺丽塔。要租车，还要雇人帮忙，要走两天的路。""我不在乎。""那丫头怎么办？"长时间的沉默。"我也受不了她待在我身边。""但……她是你女儿。""再也不是了，发生了那样的事以后。""这不是她的错。""是的，就是她的错。""我不懂，诺丽塔，她是受害者啊。""不，她不是，她很危险。"她们的话我完全不明白，现在还是不明白。现在太阳炙烤着我的身体，让我呼吸困难。两只甲虫爬上我的腿，我把它们甩掉。附近一棵树都没有，只有草地。我把双脚扎入土中，感受着泥土的湿润，这样太阳就晒不到我的脚了，甲虫也再也不会爬上来。

爸爸不在家的时候，一切都很好。他回来以后，我只希望他不要来烦我，就像现在这些不断在骚扰我的虫子一样。妈妈知道我做了什么，所以把我留在了这里。她认为我也会这样对她，但我永远也不会伤害她。我只希望和她在一起，只希望她不要再哭了。现在也不重要了。我把一条胳膊埋进土里，就这样，感受着湿润的泥土，隔绝灼热的阳光。有一天，也就是爸爸死的那一天，他正在我的房间里。他问我要酒："卡米拉，再给我拿点酒来。快点，这瓶已经空了。""我去跟妈妈说，因为酒都在橱柜最上面那层的架子上，我够不着。""别说，什么都别跟你妈妈说。你找一个凳子站上去拿，现在就去给我拿来。"我走进厨房，把凳子放在橱柜边上，我够到了酒。找杯子的时候我看到妈妈把那瓶毒药忘在了厨房的桌子上。我放了三勺进去，搅拌了一下，就像放糖一样。我把酒杯给他，他一口就喝完了。他用奇怪的眼神看着我，好像什么都知道似的。他用双手捂住喉咙，脸涨得通红，喊了几声，就倒在了地上。我站在那儿，看着他的脸越来越红，越来越肿胀。他浑身颤抖，那抖动仿佛无休无止。后来，他终于不再动弹了。妈妈走进房间，连我都不看一眼，只是说："你杀了他。""是的。"妈妈什么都没再说。她看着爸爸，好像欲言又止的样子。"我也不想这样的，妈妈，但是他伤害了我。他还惹得你哭。""闭嘴。帮我把他弄到床上去。"我帮她把爸爸抬起来，放到床上，然后我哭了起来。"闭嘴，你这个小兔崽子。这都是你的错。你杀了我丈夫。"我哭得停不下来，无法答话。"今天是他,明天就可能是别人。"我不明白她的意思,我只希望她能再看看我,用她的亲吻拭去我的泪水。她再也没跟我说过一句话。妈妈告诉村里人,她的丈夫死于心脏病。大家都相信她,没有人提问,没有人怀疑。我不知道她是怎么和别人说我的。或许大家会以为我逃掉了。

我的双腿埋在了土地里,我再也感觉不到它们了。我的双臂和身体的其他部分也陷在土里面。红蚂蚁在我脸上踩来踩去。我不想杀死它们,但我没有办法。阳光已经不再炙热,夜晚即将来临。有只甲虫爬上我的脖子。蚂蚁们排成一列在我的眼睛上行进,那支队伍长得永无尽头,一路向前。土地依然湿润。

我离爸爸越来越近了。

完美对称

——致贡萨罗·巴斯特利卡

他晃动筛子。面粉抖落在蛋黄糊上，给黄色液体的表面添上了无数白点。他阻止大脑把这画面和白雪、寒冷与自由联系在一起，而是专注于筛子的圆形运动轨迹。白点以精准的节奏覆满了黄色的表面。他微笑，然后拿起一个玻璃罐，倒出一点冰牛奶。随着他的搅拌，黄色逐渐消解在白色的面粉与牛奶之中，浓稠的面糊变得轻盈起来。牛奶的香味很易逝，他这样想道。这个词让他吃了一惊。他拿起牛奶罐，把鼻子凑上去闻了闻。有几秒钟时间，他闻到了那种香味，但它转瞬即逝，紧接着他就再也分辨不出那到底是一种甜或是苦味，抑或是二者的混合。是因为低温，他心想，低温会影响气味，会把它封闭起来。

他走到冰箱前，一只手费力地打开冰箱门，这突然的动作使得牛奶从他另一只手上拿的罐子里溅了出来。他看着白色牛奶滴在黑色地板上的形状，觉得那像是一幅图，一幅东方风情的图，一条龙。这形状不算完美，但是没错，确实是一条龙，长着翅膀，大张着嘴喷出白色的火焰。他把牛奶罐放进冰箱。那天晚上，他要被杀了。

他拿出三枚鸡蛋。他用胳膊肘把冰箱门带上，但他推得不够用力，门立刻又弹开了。他把鸡蛋放在一个深口盘里，又去取黄油。他明明记得之前已经把黄油收起来了，结果却在木质台面上找到了。他发现黄油的包装上有手指留下的印迹。天气很热，冰箱的冷度无法让黄油保持足够的硬度。他很不习惯黄油这种软塌塌的状态。他明白这不合逻辑，因为不管怎么说，黄油原本就是软的，但他就是不喜欢这种油腻的质地，非常难以处理。他需要那种冷藏状态下的黄油：小块的、长方形的、可以被精准切割下来的。他回到冰箱前，把门推紧。他又在地板上寻找刚才那条"龙"。有那么一个瞬间，他仿佛看到它伸出一只爪子，滑向下水道。但龙已经不在那里了，只留下一摊脏水。他走回操作台，把鸡蛋一个个放进一口烧着开水的锅里。

二十七号标记了他。他不知道什么时候，也不知道是怎么做的，但他知道那个人下令杀了他。那天晚上，其他人都不肯与他同坐一桌，他就意识到出了问题。此后再也没有人和他说话，他就全明白了。当看守们再也不咒骂他了，他知道自己完蛋了。

他把黄油放入已经烧热了的平底锅。他只能用勺子来舀，因为黄油已经过于柔软，没法用刀切了。他绕圈式地晃动平底锅，让黄油布满整个锅底。他用一把更大的勺子，盛了一勺之前用蛋黄、牛奶和面粉和好的半液体状的面糊，把它均匀地平摊在锅底，形成一个完美的白色的圆。然后他静静地等待，当上层的面糊的颜色变深，他轻轻晃锅，等下层可以脱离锅底后，他轻轻一抛，让面饼在空中翻转了面，再落回原处。两面都煎好后，他把薄饼放入盘中，又拿起勺子，重复同样的操作。当薄饼精准地落至锅中时，他笑了。

二十七号是残酷无情的。自从他被标记的那一天起，其他人就开始视他为陌生人，把他当成一个毫无价值的东西。他不介意被忽视，他本身就喜欢沉默。让他不能接受的是二十七号下令禁止他进入厨房——唯一能带给他幸福和快乐的地方，这相当于公开且残酷地宣战了。因此他并不意外自己毫不费力就如愿被转入了感染者区域。看守们总是会满足那些被二十七号标记了的人最后一个愿望。这是一条默认的规则，所有人都知晓且一直遵守。他之所以申请转区，不是想逃跑，他知道二十七号不受这些限制。

他把火腿切成三角形，其中的一条边切成了弧形，这样就能和薄饼的圆边贴齐。那把刀很锋利，切起来很轻松。他应该用塑料刀的，但是看守明白这没什么关系。如果他能杀死二十七号，很多人都会为他高兴的，因此看守为他偷藏了这把锋利的刀。他把三角形的火腿放在薄饼上，又从沸水里捞出煮好的鸡蛋，剥掉皮。

为了这一夜，他花光了所有的钱。前一天，他把三本书、一些钱和最后几支香烟一并交予看守，用来买烹饪需要的食材。他本想做一道更精致的菜式，但他知道现在这样已经算很幸运了——看守可怜他，给他弄来了一些东西，虽然都是最基本的食材，但已经足够做出一道像样的菜。这钱都够我给你找个便宜妞儿了，总比你要的这些破烂玩意要好吧，看守看了他要的清单后如此说道。他没有答话，他知道没有哪个女人是廉价的，而每道菜都无比美味，奥秘就在于如何将其烹制得独一无二。看守嫌恶地看着他，一副莫名其妙的样子，但最终还是把他要的东西带来了。

他好像看到了一个影子。他警觉地等了几秒钟。什么都没有。

他申请转入感染者区域就是为了可以烹饪。他需要在夜里，在大家都睡着的时候来操作，他需要做得精准无误。他希望能一人独享这个空间，享受安静为他带来的自由。他们答应了，不给他任何限制。他们需要一个结果。死亡或胜利，二选一即可。

三角形馅饼准备好了。他把它们放入热油锅里。热油的清透令他惊叹，他仔细地观察着油炸的整个过程。热油的声音总是让他觉得面对的是一个鲜活的实体，他毫不惊慌，反而深深为之着迷。他认为，油在火上会变成一种生灵，它的生命永恒不逝，只是懂得如何隐藏自己，默默等待。他拿起罗勒叶，在清洗之前先闻了闻，那香气令他心旷神怡。那是一种简单而短暂的感觉。他回想起肉桂的香气也曾带给他相似的感受。他对肉桂的味道没什么特殊的偏爱，但它的香气！它的香气能让他的整个清晨、让他的心情变得完全不一样。他打开水龙头，把罗勒叶一片一片地用冷水洗净。他洗得很仔细，同时观察着每片叶片的结构。叶片上半部分呈纯净、密实的颜色，下半部分则是暗淡的灰绿色。他好奇这些叶片是否还有生命，是否能感觉到他的手指缓慢、细致地清洗自己？在水流的冲洗下，那绿色变得更加浓郁，他心中玩味着那个想法，是的，叶子是有感觉的。

死亡对二十七号来说是一种消遣。他享受杀戮。他自诩可以悄无声息地在最意想不到的时候发动攻击，他说，他就像真正的死神一样。他的猎物被恐惧蒙蔽，失去了理智和判断，因此意识不到二十七号的战术其实是最基础、最原始的。正是这种被二十七号促生并扩散的恐惧，才使他事半功倍。知道他们都怕他，都想要逃跑，都愿意付出一切只为获得赦免，这让他感到愉悦，无限的愉悦。他知道，二十七号无法忍受他的漠然，他没有一句求饶。他知道，正因为如此，对他的袭击将会是精心安排的、隐秘的、猛烈的。

在那一刻，他真想开一瓶酒。他想念美酒。在做饭的时候小酌一杯马尔贝克红葡萄酒，进餐的时候来一杯梅洛。他喜欢举起高脚杯,感受水晶的轻盈,透过杯中的红色液体,他看到万物都换了样子,人的内心也被那香气改变。若他缓缓摇晃酒杯,杯壁上那细长的酒液就越来越多,也就是专家们所说的"酒腿"①,但他拒绝使用这个词,因为他在一杯酒中看到的宇宙的数量,远非这个词可以涵盖的。他怀念葡萄酒中的维度和世界。

这一晚没有马尔贝克,但他想起了那瓶一九九五年的红葡萄酒,是他在失去自由前享用的。他还记得它入口后的风味,仿佛能消解一切,仿佛时间在柔和的木香里停滞,葡萄上的水珠静止不动,干燥、层次丰富的风塑造了它的"躯干"。他笑了。

他把炸得金灿灿的三角形馅饼放在一个干净的白色盘子里,一个挨着一个,中间留出清爽的半厘米间距。他把罗勒叶放在每个三角形的左侧,围成一个稳固的绿色圆圈。然后,他沿着盘子上缘撒上磨碎的黑胡椒。

他听到了什么声音,本能地拿起了刀。他在厨房里转了一圈。什么都没有。没有人。他返回操作台,专注于那盘菜。还差点什么,缺一点颜色。某种定义。他回想了一下剩下的食材,黄色是唯一可用的颜色。他想用刀切开一个鸡蛋,取出里面的蛋黄。但刀不

---

① "酒腿"指的是葡萄酒在杯壁上形成的油滴状结构。在摇晃酒杯后,杯壁上会有一行行条形的酒液缓缓滑落,形似细长的腿,也称"挂杯"或"酒泪"。

见了。

他愣住了。他不在乎死亡。他闭上双眼。他想起罗勒叶在指尖留下的柔软而凉爽的触觉，想象着酥脆的馅饼皮被切开时的声音，想象着所有食材融为一体、在口中迸发出的味道，想象着它们的气味爱抚着他，它们的色彩令他炫目。

然后，他被人从背后抓住。他一动不动，在静默之中，他的喉咙被干脆利落地割断了。他睁开眼，看到有三滴血——他的血——对称地落在盘子下缘处，整个摆盘的构图达到了平衡，他的作品变得独一无二，完美无瑕。

他大睁着双眼倒下了，脸上似乎带着一抹微笑。

狼的呼吸

狼在包围着它的玻璃后方躁动不安。它在撕咬。微小的水珠在空气中形成了一张细密的蛛网——水汽来自狼的呼吸，在玻璃后方，躁动不安的狼。它在撕咬。

这条狼就像一个站在街角的黑衣男人。但它是一条狼，一条想要吞噬你的狼。它暗色的利爪要撕裂潮湿的空气，它要舔舐着玻璃，直到它碎成千片。它要杀了你。

它在谋划着如何吞噬你，它要找准享用你的时机。它估量着你的呼吸，精准计算着在哪个时刻用尖牙咬断你的血管，张开嘴轻轻地环抱你的身体。

你想逃离这个梦境，逃离那面遮挡你视线的玻璃，逃离那条形似人类的透明的动物。你不想亲历那分崩离析的时刻，不想见证温热的生命和轻飘飘的肉体。你不想成为那场野蛮盛宴的一部分。但你预感到我们每个人都是一条狼，精心地，长久地吞噬掉另一个人。我们细致而巧妙，每一下撕咬都像爱抚对方的皮肤，将之一点点杀死。如水珠中的光影,如玻璃上的水珠,如那条玻璃后方的狼——一条看起来像站在街角的黑衣男人的狼。

它要杀了你。

泰切对阵尼采

——致马里亚诺·博洛比奥

泰切一觉醒来,下定决心这天上午一定要踢尼采一脚。他焦躁不安,因为博卡青年马上要迎来开幕季赛的一场决定性的比赛——对阵河床①。此等大事绝对值得他出一记狠脚。泰切走进厨房,发现尼采正坐在那儿。他估摸了一下他的脚到尼采脑袋之间的距离。泰切这一脚必须正中尼采的两眼之间,才能使其晕上好几个钟头,不来打扰他看比赛。泰切集中精力回想着一九七九年在对阵飓风队的比赛中,塞帕奎西亚②开场五秒钟即在中场线附近远射攻入一球的画面。他大吼一声:"球进了!混蛋!"尼采斜眼看了他一眼,巧妙地一跃,避开了那只疯踹过来的脚,落在了食盆旁,呼呼吃了起

---

① 博卡青年和河床是阿根廷甲级足球联赛的两大豪门俱乐部,是一对有上百年恩怨的宿敌,其对阵的比赛被称为"阿根廷国家德比",备受瞩目。
② 塞帕奎西亚(Carlos Dantón Seppaquercia)这粒进球创造了阿根廷足球联赛最快进球纪录。

来。踢尼采前泰切做足了准备工作，导致他出腿太慢，一踢不中后又过于惊讶，瞬间失去了平衡，狠狠地摔在了地上。这一下摔得太猛，他完全没反应过来，过了好一会儿才意识到自己动不了了。他感到脊柱一阵剧痛。尼采还在无动于衷地继续吃着，看也不看他一眼。

尼采一生中有过的昵称不计其数。"弗里德里希·威廉·尼采"——用于正式介绍："各位，这就是弗里德里希·威廉·尼采，我们的骄傲。""弗里德里希"——用于无感情色彩的场合："弗里德里希，现在不行，等会儿。""尼奇"——用于亲昵的时刻："可爱的尼奇，好漂亮的胡须呀，尼奇。""坏尼奇"——用于斥责："坏尼奇，不许咬植物！""尼奇坏奇奇"——用于表达疯狂的爱意："尼奇坏奇奇，我爱你，我爱你，我爱你，我爱你。"这一系列昵称都是泰切的前妻取的，她为自己实际上平庸的创作力沾沾自喜。泰切从来没叫过尼采的任何一个名字。他们之间的关系名存实亡，都当对方不存在。这种默契一直持续到前妻离开他的那天。自此，他们的接触变得无法避免了。他会用"尼采"作为正式的介绍："这是尼采，您喜欢吗？送您了，拜托了。""痴呆、疯子、神经病"——用于愤怒的时刻："你这个痴呆、疯子、神经病，别把书弄坏了！""蠢蛋"——用于不带感情色彩的时刻："蠢蛋，你就不该存在！""废物"——适合下雨天："废物，你还不如一把伞。""梅毒一样的脏玩意"——用于思考哲学的时刻:"梅毒一样的脏玩意,永恒轮回[1]的目的就是我能无限次地踢死你。"

有两件事泰切始终不明白。第一(也是最重要的),他不明白为什么前妻会离开,不是指离开他——这一点他完全不关心——而是抛弃那个满身长毛的动物;第二,他搞不懂为什么她要叫它尼采,而不是"毛毛"或者"咪咪"这种名字,更符合她飘忽的思维。她绝不可能理解尼采的哲学思想,所以取这个名字也不是为了致敬。他觉得前妻除了头脑简单,一无是处,内心深处还很龌龊。她叫伊莎贝尔,和那位哲学家的妹妹同名[2],她从尼采这样一位留下丰厚精神财富的人物身上偏偏看中的就是这层联系——与他有不伦关系的妹妹伊丽莎白,而不是别的那些更浅显的关联(比如这个家伙与尼采相似的胡须)。这让泰切非常反感,他甚至想过杀死它,给它进行防腐处理;享受完这个愉悦的过程后,再把它邮寄给前妻,好满足她的恋兽癖和恋尸癖。

泰切依然躺在厨房恶心的地板上,无计可施。他的头很痛,因为他摔倒的时候头碰到了桌子的边缘。他想站起来,却怎么也动不了。他感觉不到自己的双腿。他想喊叫,想大哭一场,但最终忍住

---

[1] "永恒轮回"为德国哲学家弗里德里希·威廉·尼采的重要学说之一。
[2] 尼采的妹妹名为伊丽莎白(Elisabeth),在西班牙语中对应的名字即为伊莎贝尔(Isabel)。

了，反而开始在脑中记录一系列待做事项："找人来打扫地板，紧急""杀了尼采""把家具抬起来，看看那些找不到的东西是不是掉在下面了""回到健身房，锻炼好身体，一脚把那个恶心的畜生踢死"。他看到一只蟑螂从冰箱下方爬出来，停在厨房中央，晃了晃触角，又爬上餐桌，在冰啤酒、三明治、薯条周围爬来爬去，最后消失在一大块罗克福奶酪中。对于贵为哺乳动物、掠食者、足球迷的泰切而言，这只胆大包天的蟑螂简直是一种侮辱。

还有十分钟比赛即将开始，在那一记惊天地泣鬼神的飞踹之前，泰切已经完成了他的固定仪式：他右脚先下床，背诵着博卡的集训名单走进浴室；他只用右手洗澡，高唱热门球迷曲目（比如"博卡，我的生命，我的快乐啊，阿根廷最伟大的博卡，赶跑竞技，赶跑母鸡①，赶跑乌鸦②，也赶跑警察，加油博卡，加油博卡"）；他在起雾的镜子上写上"冲啊，热那亚人③，拼了！"；他上身穿一九八九年博卡青年队夺得超级杯冠军时买的限定款T恤，下身则是他每次看比赛时固定的行头——内裤和破了洞的足球袜；他

---

① 博卡青年球迷一贯蔑称河床球迷为"母鸡"，讽刺对方球队懦弱，战术保守。河床球迷则称博卡青年球迷为"猪""掏粪工"，讽刺对方普遍不富裕的经济条件。
② 圣洛伦索竞技俱乐部的绰号。
③ 二十世纪初，意大利的热那亚移民在阿根廷布宜诺斯艾里斯的博卡区创立了博卡青年队，故"热那亚人"（Xeneizes）后来成为了球队及其球迷的昵称。

有条不紊地准备好食物——他总是按相同的顺序和比例进餐；他拉下百叶窗，关上窗户，把房子和外界隔绝开来，因为他需要绝对的集中；电视频道也已经调好了。无论如何，博卡都不能输掉这场比赛，因为他十分确信，一旦球队失利，就会导致球迷们在上百年间提炼出来的神秘仪式遭受能量失衡。他试着爬过去，但稍微一动就痛得大叫。他想去的地方——电话机和沙发——都像在咫尺天涯。他只得仰面躺在原地，眼睛盯着天花板。

为了让自己平静下来，他开始背诵博卡的各种国际冠军头衔："一九七七年解放者杯、一九七八年解放者杯、一九七八年洲际杯、一九八九年南美超级杯、一九九〇年南美优胜者杯……"正在家里溜达的尼采此时决定跳到泰切的胸口上，很明显，这证明它并不认为此人的身体构成障碍物，甚至不承认他的存在。泰切吼道："你这个寄生虫，谋杀上帝的家伙！"然后他哽咽了。在那一刻他明白，上帝确实已经死了，因为没有任何一个神，或者一群神，哪怕仅仅是一个次等神也不会认同这样的惩罚。这一结论令他恐慌起来。发生了这样惨绝人寰的事，唯一的可能性就是存在一种致命病毒，将那帮天神全部消灭了，甚至包括长着翅膀、甜美可人的小天使。上帝已死。他确定如果博卡输了比赛，那上帝、耶稣、神圣三位一体要想复活就没戏了，因为但凡他们复活一次，他就会保证把他们再干掉一次。尼采的尾巴扫过泰切的脸，他下意识地决定无视这个没规矩的东西，它甚至不感恩他大发慈悲，没有要了它的命——至少现在还没有。

胡思乱想了一阵后，泰切失去了意识。醒过来时，他不知道自己身在何处。他摔得太重，整个人晕晕乎乎的，无法清楚地思考，直到他察觉到危险——尼采就在旁边，正死死地盯着他，还带着某种笑意，似乎在暗自窃喜他沦落到如此屈辱的境地。泰切看了眼厨房的时钟，发出一声惊叫。比赛还有五分钟就要结束了。疼痛也不能阻碍他，他必须赶到客厅去。他一生中从未错过任何一场比赛。

他回想起那些伟大的球员，西尔维奥·马尔佐里尼、"小红"、安东尼奥·罗马、"小狮子"佩西亚、"疯子"加蒂、罗贝托·莫乌佐[①]，为了这些灯塔般的人物，他使出非凡的力气向前爬。他疼得快断了气，为了集中精力，他在脑海里不停重复着歌词："博卡我爱你，宁可死我也不要做'母鸡'。"他硬是爬到了客厅门边，伸长了脖子，听到电视机里博洛比奥正在解说比赛的最后一段："我们现在是在博卡区神话般的糖果盒球场[②]，这里是超级德比大战——博卡对河床——的比赛现场，比赛已经快要接近尾声了。这是一场精彩纷呈的比赛，每队各收获两粒进球，有头球、点球、禁区外进

[①] 皆曾为博卡青年队效力的足球运动员，出生于1922至1953年间。
[②] 即博卡青年足球俱乐部的主场，位于布宜诺斯艾利斯的阿尔韦托·J.阿曼多体育场，因其外观而被称为"糖果盒球场"。

球,还有球员被罚下场,气氛令人震撼。这样一场比赛,在这样一座场馆,应该位列死前必看的体育比赛榜单之首。下面我们回到比赛中来,现在的比分是二比二平,魔鬼蒙塞拉特拿球,现在是河床进攻,他们想在最后一刻绝杀,蒙塞拉特从右路进攻,摆脱了皮内达的防守,传中,萨拉斯头球,被门将猴子纳瓦罗·蒙托亚扑出!这场比赛真是让人心脏病发作!猴子迅速开大脚,长传到中场,乌拉圭人塞德雷斯停球,阿亚拉盯防,噢,犯规,阿亚拉吃到一张黄牌,博卡获得任意球。这可能是今晚的最后一脚球,比赛常规时间已经打满。博卡主帅比拉尔多示意所有队员冲进对方禁区。小鸟卡拉里奥、塞德雷斯、盖拉已经进去了,中后卫也都上来了,大鱼法布里和小黑卡塞雷斯准备找机会头球破门。现在博卡想要最后一搏,拿下最终的胜利,他们决定孤注一掷。裁判发令罚球,毛利西奥·皮内达任意球开到中路,乌拉圭人乌戈·罗密欧·盖拉摆脱了河床防守球员,跳起争头球,他的脖子顶到了球,看这个球……"这时,趴在沙发上的尼采忽然一跃而起,降落在遥控器上,一下子关掉了电视。

泰切一时间不明白发生了什么。紧接着他惊呆了,他感到左臂一阵剧痛,并向着胸口蔓延。他知道这是心脏病发作的症状。他知道自己将死于愤怒、无助、痛苦,并且他永远无法得知这场比赛的结果。尼采的尾巴扫过他的脸,一副哲学家的样子向厨房走去。

临死前，泰切有两件事很确定。首先，他终于明白了为什么他那位飘忽、龌龊的前妻会给一只一无是处的猫取这样的名字。第二件事，也是更重要的事，他明白了为什么她会抛弃尼采。永恒轮回的存在确保了尼采按下关机键这一简单有效的动作导致了他的死亡（这就是前妻完美的谋杀计划），并将一次又一次地重演。

死去的人

——致比拉尔·巴斯特利卡

所有死去的人都会到月亮上去。死人的尸体会变得又僵硬又冰冷,因为他知道自己即将变成烟雾,就像水烧热时,那些飘上天花板的白色水汽一样。先是一根手指、又一根手指,然后是胳膊、头,直到整个身体都被困在月亮的某个坑洞里。

妈妈从来没有好好给我解释过抽屉里的那堆灰是什么。但我知道那是什么。有一次我去阿贝托叔叔家,吃了卡梅莉亚婶婶变成的灰。阿贝托叔叔把它放在一个盒子里,爸爸跟我说那叫骨灰盒。那味道很差劲,还会留下污迹。阿贝托叔叔让我不要碰那个盒子,但我不听,还是悄悄地吃了。贝尼托神父对我说,我们因为自己的罪被判变成灰。我相信他,因为他是神父,神父都是好人,不会撒谎。他说被判罪就相当于直接下地狱。我觉得那灰就是人灵魂里的脏东西,所以才要把棺材埋在地底下,这样罪孽就不会伤害其他人。

妈妈现在在月亮上。我很想她。她在呼唤我。她对我说,我想让你也过来,因为我害怕那些死人。她告诉我,他们都在看着什么东西。有些人在看,但好像什么都看不到,眼睛里什么都没有,但他们依然愤怒地在看,那怒气把妈妈吓哭了,她在呼唤我。我很想她。我也想变成烟雾,但我还没有死。妈妈的声音真好听。有时她还会唱歌给我听。

昨天我下定决心也到月亮上去。我要切下来一根手指,把它埋在花园里,然后再切一根,接着是手、胳膊、头,直到我整个身体都被困在月亮的某个坑洞里,这样我就能和妈妈在一起了。

爸爸打了我。他要切肉但找不到刀,最后在我房间里找到了。他问刀为什么会在我这里,我说因为妈妈在喊我,我得到月亮上去找她。但他扇了我的嘴巴。闭嘴,臭小子,他说。然后他走了,把我关在了房间里。爸爸很坏。爸爸打了我。

现在他在看电视。他把声音开得很大,大到电视里的每一个字都钻进了我的身体,想割断我的血管。它们和爸爸一样坏。我爸爸就像一个写得又黑又大的字,就那样盯着人,他让我害怕。爸爸很坏。我敢肯定他也吃了卡梅莉亚婶婶变成的灰,所以才打了我。他肯定偷偷吃过,所以他现在这么坏。

但是说来奇怪,我并没有切掉身体的什么部位,更没有砍掉脑袋。阿贝托叔叔和爸爸一直在家里,所以我没敢下手。我想爸爸也很想念妈妈，他有时候会哭。他如果喝了很多酒，身体里就有很多水分，哭得就更厉害了。每当他喝进去很多水分的时候，他就不是那个让我害怕的大字了。他就像广场上的木偶人，看起来随时要散架，但从来没有真正掉下来，因为有很多根几乎看不见的细线牵着它。但爸爸身上没有牵着线，他确确实实会倒在地上。有时候我想爸爸身体里应该也有很多根线，当妈妈死了以后，那些线也就断了。

有一天，爸爸没有那么伤心，哭得也没有那么厉害。陪他回家的不是阿贝托叔叔，而是一个阿姨。她穿着一条印着彩色花朵的裙子，和妈妈的裙子很像。爸爸抚摸着她的头发，但不像对我那样，他抚摸她的动作更加缓慢。然后他来我房间里看我。我先他一步回到房间，穿着衣服躺着装睡。爸爸以为我睡着了。

我悄没声息地溜下床，踮着脚走到客厅。那个阿姨正躺在沙发上，一头金发散落在靠垫上。爸爸亲了她一下，这让我很生气。我知道我应该去睡觉，因为已经很晚了，但这次就算是我不乖，也完全不是我的错。这都是阿贝托叔叔的错，都怪他把卡梅莉亚姊姊变成的灰放在那个盒子里，害得我尝了一口。现在卡梅莉亚姊姊脏兮兮的灵魂都粘在我身上了，甚至是留在我体内。我想让它消失，但我不知道怎么样才清洁身体内部。有一天我问爸爸，如果人喝了圣水会怎么样，因为贝尼托神父告诉我圣水可以清除灵魂的污秽。我不太理解什么是污秽，但我想象圣水就像漂白剂，能除掉那些你看不见的东西。爸爸说你怎么能喝圣水呢，别说胡话了。电视机开着，声音很大。电视里没有人说话，只有两个警察在奔跑，一边开枪一边乱吼。客厅里很暗，但借着电视屏幕的光，我可以看到那个阿姨的金发。电视的光暗下来时，她的头发像是黑色的，电视亮起来时，它又变回金色。我不喜欢她的头发，在靠垫上晃来晃去得很奇怪，它和我的头发，和爸爸的头发都不一样，我们的头发很短，也不会晃动。警察又开枪了，那位阿姨脱掉了那条和妈妈的一样的印着彩色花朵的裙子，扔在了地上。爸爸没有像平常命令我那样让她捡起来，这也让我生气。然后爸爸想脱掉她的上衣，但她说不行。爸爸和阿姨看上去都湿漉漉的，像刚洗完澡似的，但他们都穿着衣服——她穿着上衣，爸爸穿着裤子。我闻到了卡梅莉亚婶婶变成的灰的味道。阿姨的两条腿好像要弄伤爸爸的脑袋，但他并没有尖叫。她的腿很长很白，像她的头发一样晃来晃去。我也不喜欢她的腿，看上去像一只巨型昆虫的腿，就是我在电视上看到过的那种。白蜘蛛的腿。那个阿姨低声对爸爸说了句什么。她的声音和妈妈不一样，妈妈的声音更好听。爸爸又亲了她好多下，抓住了她的胳膊。然后他开始用力动起来，仿佛电视上警察在向他开枪一样。一颗、两颗、三颗，越来越多的子弹射进爸爸的身体，但他还是不停地动着。四颗、五颗、六颗，子弹射在他的背上、腿上、头上。那只蜘蛛哭了起来。我以为她哭是因为警察在对着爸爸开枪,但不是的,蜘蛛不是好东西,蜘蛛不会哭。后来爸爸停了一会儿,对她说着什么。她还在假装哭,我知道她是装的。然后她叫了几声,我以为爸爸弄疼她了,心里很高兴。但后来我又有点害怕,我怕爸爸又变成那个黑色的大字,真的把她弄哭了。我害怕不是因为她,不是因为那只蜘蛛,而是我知道那个黑色的大字会打我。但很快他们笑了起来,互相拥抱。沙发上的毯子掉在了地上。我可不想乖乖地过去帮他们盖上。蜘蛛让我觉得恶心。

妈妈再也不给我唱歌了。她只是哭,只是喊叫。妈妈对我说,我很孤单,我想让你爸爸抱抱我,就像我们还在一起的时候那样。我已经记不清妈妈的头发是什么样子了,不是棕色也不是金色,像是两种颜色的混合。我记不清,是因为头发和灵魂的脏东西一样,所以妈妈的头发现在变成了灰。但声音、脸上的皮肤和眼睛都不会变成灰。她肯定带着这些一起蒸发掉了,只有她的头发留了下来,现在大概和泥土一样,但颜色更漂亮。

我告诉爸爸,妈妈非常想念他。他摸摸我的头说,妈妈现在在天上,和小天使们在一起,非常幸福。我不喜欢他摸我的头,因为他的眼睛都不看着我,还把我的头发弄乱了。于是我生气地说,才不是,妈妈在喊,在哭,因为她在月亮上很孤单,她很冷,想让你也过去。爸爸脸上露出奇怪的表情。他坐在沙发上开始喝酒。他好像想哭，但又哭不出来，因为他还没喝够。他看着桌子上摆着的妈妈的照片，这时我才意识到原来爸爸害怕去月亮上。于是我去找那把切肉用的刀，准备下手。

埃莱娜-玛丽·桑多斯

……可怕的、充满瑕疵的人生……

——托马斯·伯恩哈德[①]

埃莱娜-玛丽·桑多斯被葬在银十字公墓。她被丢在一个专给不受欢迎的人准备的破败的墓穴里,连名字都没有。没有人愿意夜里前往银十字公墓,因为那里的坟墓状况不佳。银十字公墓的墓穴状况不佳是很奇怪的,因为所有人每个月都给市政委员会缴纳一定的费用,用于银十字公墓的维护。然而在我看来,没有人真正负责银十字公墓的维护,是一种潜意识造成的。那个原因一直悄无声息地隐藏在每个人内心之中,那就是对那些状况不佳的墓穴的恐惧。这么说吧,很多人经常去银十字公墓,是为了给他们单调的生活增添一丝恐惧。为了让生活没那么单调,人们什么都做

---

① 尼可拉斯·托马斯·伯恩哈德(Nicolaas Thomas Bernhard,1931—1989),奥地利小说家、剧作家、诗人。

得出来。他们能在银十字公墓那些状况不佳的墓穴前一待就是几个钟头，只为了观察里面是不是有什么东西在生长或移动，但每当夜幕降临，那些人就会逃回自己单调的现实生活。那些想要逃避单调的现实生活的人把他们的恐惧寄托在银十字公墓，所以埃莱娜-玛丽·桑多斯下葬的时候我没有去，我担心那种恐惧会污染我心目中她那独一无二的形象。埃莱娜-玛丽·桑多斯不是我的妻子，也不是我的情人、未婚妻、姐妹、母亲或老师。在很长一段时间里，她和我毫无关系，直到有一天，我在电影《痛苦之眼》中看见了她。这部电影在市立社区电影院放映过两场。《痛苦之眼》仅放映过两场，是因为没有人真的对这部低成本电影感兴趣，这是一部演技糟糕、制作低劣、情节单薄、结构混乱的作品。市立社区电影院放完第一场《痛苦之眼》后就打算撤映，因为放映过程中观众们默默离场，最后影院里几乎空了。我完全没有意识到其他观众逐渐离去，没有意识我的四周已经被空座位包围了，因为我完全瘫掉了。埃莱娜-玛丽·桑多斯在大屏幕上的形象让我瘫掉了，因此我完全没有意识到所有人都默默离场，只剩下我一个人，在座位上瘫掉了。当天下午，市立社区电影院就打算撤映《痛苦之眼》，但我不同意。我提出付三十张电影票的票款，只为了让他们不要撤映《痛苦之眼》——这是埃莱娜-玛丽·桑多斯的形象对于我而言的价值总额。市立社区电影院拿到我付的三十张电影票的票款，又放了一场《痛苦之眼》。埃莱娜-玛丽·桑多斯在大屏幕上出现的时间仅有三十秒（我是在看第二场《痛苦之眼》的时候计时的），就等于她在大屏幕上每出现一秒，我就付一张门票的钱，这很合理。在那三十秒里，埃莱娜-玛丽·桑多斯一直躺着，一动不动。她没有死，也没有睡着。在那三十秒里，埃莱娜-玛丽·桑多斯只是看着观众，看着我，面带微笑，连眼睛都没眨过一次。那部电影是黑白片，但我完全不在乎，因为我认为色彩的多重性会不可避免地造成感知的失真。因此我觉得埃莱娜-玛丽·桑多斯那黑白色的微笑是给我的，以独一无二、不可复制的方式给我的。一定是这样的，因为市立社区电影院放映第二场《痛苦之眼》的时候，影厅里只有我一个观众。我难以避免地产生了买下《痛苦之眼》的想法，我希望除我以外的任何人都无法看到她的形象。买下这部电影自然一点也不难，而且当然了，这就是唯一的一份拷贝。既然是唯一的一份拷贝，我就不用害怕她再被其他人看到了。埃莱娜-玛丽·桑多斯纯洁的形象，她全部的形象只属于我一个人。然而一个邪恶的念头开始在我大脑里成形。这个邪恶的念头不断在我的大脑里蔓延开来，占据了所有的空隙，挤压着它的边缘，使它肿胀起来，仿佛盛满了污浊的空气。埃莱娜-玛丽·桑多斯还活着，她的一举一动、一言一行都在玷污着埃莱娜-玛丽·桑多斯纯洁的形象，那个属于我的形象。我以无菌的方式（人们不是常常这么说嘛）获得了埃莱娜-玛丽·桑多斯的相关信息，确保不会产生任何附带损害导致日后牵连到我。她住在城市边缘的一个街区，是一个专给不受欢迎的人准备的地方。那个街区很破败，状况不佳，没有人认真维护。看到埃莱娜-玛丽·桑多斯坐在一家低档酒吧，我一点也不奇怪。透过那家低档酒吧的大窗户，埃莱娜-玛丽·桑多斯的身影清晰可见。她独自一人，正缓慢地抚摸着一瓶脏兮兮的廉价威士忌。那瓶廉价威士忌是埃莱娜-玛丽·桑多斯唯一的同伴，也是她进行那场漫长且无休止的自杀唯一可用的工具。她的身体肿胀得不成样子，整个人看上去令人毛骨悚然。那瓶廉价威士忌反而缓和了她糟糕的现状。埃莱娜-玛丽·桑多斯现实中那副颓废的样子侵蚀了我的大脑，使得那个邪恶的念头不断挤压着它的边缘，真切地挤碎了我的头骨。不能让埃莱娜-玛丽·桑多斯这个人继续玷污埃莱娜-玛丽·桑多斯的形象，而那个形象是属于我的。喝完那瓶脏兮兮的廉价威士忌后，她站起来，整个肚子都跟着晃了起来，像一张鲜活的蜘蛛网。这样的晃动让我觉得恶心。在街灯下，我看到她的头发是臭掉的洋葱的颜色。她穿着一件大了两个码的棉质外套，很明显是她偷来的，或者是别人假惺惺地施舍给她的。外套的颜色像馊掉的肉。她的一切都散发出贫穷和疲惫的味道。埃莱娜-玛丽·桑多斯那可怕的、充满瑕疵的人生使我不得不加快她正在进行的那场漫长且无休止的自杀的进程，以免现实中悲惨的埃莱娜-玛丽·桑多斯玷污了埃莱娜-

玛丽·桑多斯那独一无二的形象,正如之前所说的,独属于我的形象。接下来的日子里,埃莱娜-玛丽·桑多斯在那家低档酒吧和她下榻的膳宿公寓里收到了三十封信。这些信是有计划、有步骤地寄出的,目的是避免将来造成任何破坏性后果。这些信都没有署名,每一封信都仅有唯一的一句话,除了最后一封。在那些陆续寄给埃莱娜-玛丽·桑多斯的信中,每一句话都是随机重复的,这样一来,尽管她的生活一直处于混沌之中,她也能明白无误地看懂这些信唯一的目的。除了最后一封,最后一封信是空白的。那些语句都是精心设计的,只为了达到唯一的目的——加快埃莱娜-玛丽·桑多斯那场漫长且无休止的自杀的进程。她先是在那家低档酒吧一口气收到了十五封信。她茫然地看着那些信,仿佛遇到了一个严重的错误。她拆开了每一封信,但没有去读。她把十五个信封都从一侧打开,然后把它们堆在桌子的另一头。她这次没有抚摸那瓶脏兮兮的廉价威士忌,而是死死地盯着它,想把那十五封被堆在一起的信抛在脑后。她执着的目光,伴随着紧张的呼吸,使得她那个像蜘蛛网一样的肚子在不自觉地静止了一段时间后,再度缓慢地上下翻动起来。她忽然猛喝了两口酒,仿佛是为了给自己壮胆,或是为了证实这十五封信的确是个错误,又或是接受了沉重的现实,即她堕落的人生已经被他人看穿。埃莱娜-玛丽·桑多斯艰难地,近乎痛苦地拿起那十五封信,读了起来:"我给你写信只是为了不亲自动手了结你""你,埃莱娜-玛丽·桑多斯,应该终结这可怕的、充满瑕疵的人生""不会有人记得你""你,埃莱娜-玛丽·桑多斯,玷污了这个世界"。她没有立刻做出什么反应,因为那瓶廉价威士忌沉积在她体内,让她没法清晰地思考。当她好不容易反应过来时,她艰难地站起身,疑神疑鬼地看着那家低档酒吧里的人,看着街上的人,看着每栋建筑物里的人。然而,她实际上什么都看不到,她的眼前只有酒精带来的一片迷雾,因此她也没有看到坐在她旁边桌子上的我。她重新坐下来,一封接一封撕碎那十五封信,她看上去无可奈何,仿佛她从一开始就知道注定会收到这些信,知道那一开始以为的错误其实是正确无误。第二天,她又收到了十四封信,那些话依然是随机重复的。这一次她没有拆信。喝完廉价威士忌后,她把信放进那件颜色像馊肉的外套口袋里,回公寓去了。就在那时我让人送去了最后一封信。那是一封空白的信,唯一的目的就是让埃莱娜-玛丽·桑多斯完成那场漫长且无休止的自杀。第二天,我很自然地看到一群人聚集在那家膳宿公寓门口,痴迷地围观埃莱娜-玛丽·桑多斯的尸体被放在一个黑色塑料袋里运走。人们常常停下脚步,痴迷地围观死亡所带来的小小震撼,或者这么说吧,为了给他们单调的生活增添一丝恐惧。为了让生活没那么单调,人们什么都做得出来。埃莱娜-玛丽·桑多斯那独一无二的形象属于我,这我说过很多次了,只属于我一个人。现实中那个已遭玷污的埃莱娜-

玛丽·桑多斯已经不复存在。然而，一个反复出现的念头在我破损的大脑里蔓延开来。那个黑色塑料袋里的人是她吗？那个在银十字公墓里躺着的人是她吗？我需要确定，我要完全确定埃莱娜-玛丽·桑多斯真的已经死了，我必须确定她再也不会回到那家低档酒吧。现实中悲惨的埃莱娜-玛丽·桑多斯不能玷污埃莱娜-玛丽·桑多斯那独一无二的形象，就像我常说的，那是我的专有物。接下来的日子里，我坐在她曾经坐过的那张桌子旁。由于那个反复出现的念头，我的整个大脑的状况不佳，并且随着时间的流逝变得面目全非。埃莱娜-玛丽·桑多斯那独一无二的形象在我混乱的大脑中变得越来越模糊与扭曲，邪恶地扩散至我的全身、我的四周。廉价威士忌缓和了我糟糕的现状。埃莱娜-玛丽·桑多斯去世（不知真假）一个月后，我正在那家低档酒吧里喝着我的廉价威士忌时收到了十五封信。我猛喝了两口酒，仿佛是为了给自己壮胆，或是为了证实这十五封信是个错误，又或是接受了沉重的现实，即我的人生已经被他人看穿。我读到的第一句话是："我给你写信只是为了不亲自动手了结你。"我站起来，疑神疑鬼地看着那家低档酒吧里的人，看着街上的人，看着每栋建筑物里的人。然而，我实际上什么都看不到，我的眼前只有酒精带来的一片迷雾，因此我没有看到坐在这张桌子旁的我自己，在这张桌子旁，我实现了我的那场无休止的自杀。

轻缓的喜悦

她坐着。双脚并拢，两只手放在木凳上。她独自一人。她穿着轻薄的及膝半裙、半透明的衬衫，目光静止。她一动不动。她的嘴半张着，呼吸缓慢，发丝触碰着乳房，嘴唇轻轻地翕动，就像一对红色的羽翼，舞起又落下，在空气中发出微弱的振动。

人们经过，却并不停驻。只有他们的身体、衣服、气味，混杂在虚无的语句、碎裂的玻璃、逝去的时光之中，断断续续的呼吸声，模糊、荒谬、单调的窃窃私语声。而她，一动不动。她在看一幅画。

一个女人坐在黑色的木舟上，手握着一条囚禁着她的铁链。水中长着灯芯草，尖锐得可以划破她的皮肤，像冰针似的扎入她的身体。深色的船头挂着一盏灯，蜡烛即将燃尽，熄灭。木舟在河上，河水静止不动，仿佛要将世界都凝固住，让一切永远停留在这一刻，这完美的瞬间。灯芯草上停着几只若隐若现的鸟儿，锋利的尖杆穿透了风景的边缘，那里没有血迹。

这女人要死了，她自己也知道。她没有哭。她穿着一件白色连衣裙，看上去是为了御寒，但其实毫无用处。她身下坐着的那张毯子沾水变潮了，所以她也不用它遮盖。树都睡了，但它们听得到那女人闭上眼睛的声音，闻得到她那头垂至腰际、光泽亮丽的秀发的味道，感受得到她的双唇、她的柔弱与恐惧、她微微张开的嘴。寒冷停住了各种声音，让一切都静止下来，反而像是一声被扭曲了的、无声的哀号。寒冷先让各种声音恣意发挥，然后再消灭它们。它想让女人消失在尖刺的爱抚之中，以一种只有死亡才做得到的缓慢的速度将她撕碎。

而她，坐在那里，一个人，静止不动，就是那个女人，她想要成为她。她要去那木舟上，感受那冰冷的铁链，感受那毫不保暖的白色连衣裙的分量。要披上那透明的、纯洁的皮肤。要成为那个女人。要被寂静笼罩，被寒意之中的窃窃私语声包围，被静止不动的河水割断气息。她抓紧木凳的边缘，微微颤抖。那个女人，那个坐在刺绣毯子上的女人，她想要成为她。

她感受到死亡，甚至碰到了死神的眼皮。她知道寂静能杀死她，因为她可以呼吸，感受得到树木柔软的气息。放任自己，坠入寂静的脉搏之中，无止无尽。

那黑色的木舟似乎未曾移动，被困在灯芯草丛之中。坐在浅色木凳上的她明白，静止并不是死亡，寂静也不是，寒冷、那个女人，都不是。那是风景的呼吸的一部分，它就在她体内，就像她在那幅画中一样，与冰冷的鸟儿、静止不动的灯芯草、黑色的河水同在。

紧接着，她还是一动不动，独自一人，轻飘飘地倒下，鲜血和血管都淡化成了小小的色块，她的嘴微微张开，她的指甲深深地抠进木凳里；她的眼睛紧紧盯着那个女人，盯着那幅画；她的头发遮住了湿润的、亮晶晶的嘴唇，它们倦怠、精确、柔和地翕动着，就像那黑色的木舟；她的皮肤颤动着，微弱得几乎难以察觉；她的呼吸有片刻的停顿，就像那个永远在奔赴死亡的女人；她的两腿张开，双手紧紧抓着木凳，在上面刻下了印迹，像要把那浅色的木头撕碎，没有一点声音，就像画里那样，只有她置身于空气边缘的维度里，那里只有一丝空气尚存，她即将坠落。现在，她的皮肤变成了透明的，就像那个消失的女人一样，她消失在寂静的脉搏之中，那脉搏源自于冰冷的河水、静止的鸟儿、黑色的灯芯草、她的眼神，她，独自一人。随着她双腿的颤抖，那轻薄的半裙布满了褶皱，她感到它无法像那条已经打湿了的白色连衣裙那样遮盖住她的身体。鸟儿发出轻微的颤动，拂过了那只握着铁链的手，那只手也曾紧抓着木凳，指甲几乎抠进了那浅色的木头。她感受到了风景的边缘，世界的尽头，她感到世界静止在空气里，在那若隐若现的灯芯草丛里，在那长满尖刺的河水里，在她独自坐着的木凳里，一动不动。

她没有讲话，但她的身体似乎在诉说着什么，因喜悦而轻缓地颤抖着，从此再也不停歇，在那条河之中，在一叶木舟之上。

无　泪

——致诺拉·戈麦斯

　　我第一次见到她是在隆巴第夫人的守灵仪式上。她身材娇小，仿佛玩具玫瑰上的一片花瓣，她身上的黑色套装像是给布娃娃做的，更显得她柔弱、白皙。一个完美又残缺的布娃娃。她不像一个女人，更像是一只鸟，那种没有翅膀，也不愿意飞翔的鸟，那种令人既怜悯又厌恶的鸟。一只没有翅膀的鹰。她的轮廓像柏拉图那样鲜明且锐利，但这种脸型的人常有的那种智慧的光环，在她这里是绝对找不到的。一个毫无内涵也没有个性的"柏拉图"。有时候我觉得她也许是有个性的，只是我看不到；又或者她像在一片愚蠢的水坑里越陷越深，导致她的个性被冲淡了，这也有可能。但这的确就是她想给人留下的印象，与她的微笑完美契合。那是古老瓷器似的微笑，是被冻死了的麻雀的微笑，是慢慢沉入令人恶心的泥沼中，一朵娇小的荷花的微笑。她有一双猫的眼睛，一只浑身污脏、无法生育、独来独往的猫的眼睛。她的头发如雨丝般散在脸上，沾着污浊又苍白的液体，会让人的眼神变得模糊、涣散。她是个危险人物。

我第一次看到她时，她正独自站在一束马蹄莲旁，在那个瞬间我对她感到好奇和一丝冲动，因为我的身体，尤其是我的皮肤渴望证实那条法则，即如果用一个尖锐的工具不断扎入一个脆弱易损的物品，就可能导致它支离破碎，扎入的节奏可快可慢，但永远不能停；在那种精确如时钟的机械运动中，你可以体验到一种近乎快感的疼痛，但与之相伴的是鲜血和其他不怎么高贵的液体。那时候我还不知道她是来挑战我的，她等着发起一场战争。当我走到她身边，问她与逝者是什么关系时，我知道她在撒谎，她是个新手，一只笨鸟，给自己编造了一个虚构的、不属于她的位置。但我没把她当回事，因为我自认是一个好人，一个平和的人。也许可以这样说，我可以接受偶尔有人妄图抢夺我们家族独树一帜的精神，糟蹋我的每个家族成员毫不犹豫、充满自豪与神圣感来捍卫的传统。

我的名字是胡安·德塔尔塔兹。在殖民时期，第一个踏上这片土地的塔尔塔兹是我们家族传统的缔造者。他的名字是何塞·德塔尔塔兹。他在空余时间会去参加陌生人的守灵仪式。他对逝者不感兴趣，他唯一的目的是驱散人们的眼泪。他无法忍受任何形式的眼泪。他留下了一本名为《守灵、家庭与塔尔塔兹》的书（相当于家族的纲领宣言），记录了他的高尚事迹。在书中他写道，他一生中未曾掉过一滴眼泪。从来没有。我的父亲华金·德塔尔塔兹每天晚饭时都会给我朗读这本塔尔塔兹家族宣言，我通过这种方式学会了那种为不停哭泣的人带来欢笑的艺术。我父亲自然也训练了我避免掉泪的本事，包括我自己的眼泪和别人的眼泪。我们父子都以从不哭泣为荣。从来没有。他去世前最后一句话是："不要背弃家族传统，永远不要哭。永不。"这是他最后的心愿。

各位，我们所奉行的是一种艺术，是匠人的手艺，如果可以这样比较的话，我想斗胆将我们的作品与吉贝尔蒂在佛罗伦萨洗礼堂雕刻的"天堂之门"①相提并论。因为我们的作品够得上那样的级别，是绝对的上品佳作，我们因高水准与始终不渝的使命感在逝者的家族范围内受到尊重和敬佩。我们行动的第一步就是要确保逝者的亲属不会质疑为什么有一个完全陌生的人在他们亲人的守灵仪式上讲笑话。我们还必须要找准时机，要学会判断气氛，读懂脸色。其次，我们要选择合适的素材，因为观众的人数众多，各自的反应也不尽相同。我人生中有且仅有一次，那是在我年轻的时候，我从一场守灵仪式上仓皇而逃。念珠、《圣经》、马蹄莲如雨点般落在我的头上。当然了，我在讲"一个想飞的人"的笑话时，怎么也想不

---

① "天堂之门"，意大利雕塑家洛伦佐·吉贝尔蒂（Lorenzo Ghiberti, 1378—1455）的浮雕作品，位于佛罗伦萨圣若望洗礼堂东面的正门，雕刻于 1452 年，是文艺复兴时期最著名的杰作之一。

到逝者是从九楼跳下来的。然而最重要的是，我们必须要学会克制对眼泪的厌恶，还有那种想要呕吐的冲动：当那透明的液体滑过脸庞，打湿衣服和食物，与香烟、脏兮兮潮乎乎的手帕的味道混合在一起，像成千上万只白色蠕虫似的滑进人的嘴里；它在人的手上流淌，沾在发丝上，停留在指甲缝里，吞噬双眼，模糊视线，侵入皮肤，留下永不磨灭的污迹，虽然肉眼看不到，但那污迹会在人的血管里不断蔓延，玷污血液，让一切都染上悲伤和死亡的味道。这也许就是我们的工作中最困难的部分。

在埃兹库拉博士的守灵仪式上，我第二次看到了那只没有羽毛的小鹰。我自动选择忽略她，忘记她的存在，不去想她那柔软娇小的身体，像泥沼里的布娃娃，不去想她投射出的带翅膀形状的影子。我专注于征服我的观众，赓续我们家族光荣的传统与使命，我调整好微笑，制模、凿刻、塑形，把它当成是多纳泰罗为帕多瓦的祭坛所制作的浮雕①。我已经成功地让众人停止号啕，是时候让他们展现笑容，收获他们的笑声和掌声。不过，在这一点上我非常谨慎，绝对不能让这笑声发展成大笑，因为大笑会再次导致痛哭。她盯着我，眼睛都不眨一下，好像在思考，好像她真的会思考似的。

---

① 多纳泰罗（Donato di Niccolò di Betto Bardi，1386—1466），意大利著名雕刻家，对文艺复兴艺术发展具有深远影响，曾为帕多瓦的圣安东尼大教堂的祭坛制作了一组浮雕与独立雕像。

我停了一下，观察着她的脸，我清楚地看到，现在的她就像一只雄鹰，正在房间上空翱翔，谋划着进攻的时机。当时我还不明白，她看似无比柔弱的外表之下竟然隐藏着那样的智慧，能够精确地找到毁掉我人生的那一刻。那只是一秒钟，一种微小的时间单位。接着，她又回到了正常的姿态，活像一只营养不良的小麻雀。

因此，当我在退伍军人安乔莱纳的守灵仪式（在下午举行），以及同一天晚上在维尔·坦佩利夫人的守灵仪式上再次见到她的时候，我起初单纯的好奇和那种说不清道不明的不安感已经变成了纯粹的、鲜明的、不共戴天的仇恨。

我看到她的脸像一只白鸽，像珍藏版的布娃娃，她正在注视着人群，但显然又看不到他们。我开口了，您，又是您。在诸多互无关联的守灵仪式上反复遇到同一个人，真是奇怪。看来您已经养成习惯了。她用一双暗淡的、雾蒙蒙的眼睛看着我，我感觉到那只雄鹰拂过我的肩头，随即我看到那液体，那悲伤的眼泪顺着脸颊淌落。我是来哭的，我不喜欢一个人哭。我不在乎是谁死了，我只想让其他人陪着我一起痛苦，而您和您那些愚蠢的笑话妨碍了我。这座破城里去世的人不够多，根本达不到城市应有的规模，所以别烦我了，别来打扰我的守灵仪式。

我脑海中浮现的第一个画面是一个大坑，她那副如开裂的大理石一般的骸骨在里面安息。我轻轻地把她那白皙的小手放在我的手中，慢慢地抚摸。我碰到她清透的皮肤，眼睛直盯着她那对黑色的眸子，像一只荒地上的猫。你要是不走，你这辈子最后看到的画面就是我一脸幸福地用手掐着你这只蠢鸟的鸟脖子。话音刚落，她忽然号啕大哭，眼睛却还看着我。成千上万的泪珠像透明的蜜蜂，像咸涩的毒蛇，像水做的蝎子，像湿漉漉的蜘蛛，沾在我的脸上、衣服上、眼睛上，我只能狂奔，逃跑，一边跑，一边绝望地寻找大门出口，此时我看到那只鹰正微笑着看着我。

那悲惨的一天过后，我的选择就很有限了。最令人心动的方案是杀了她，但用一场谋杀来玷污家族的荣誉？就算理由多合理，在我看来也是不可接受的。与她对峙，命令她无声无息地从我的生活、从我的守灵仪式中消失？这样做太危险，后果不堪设想。我无论如何都无法再承受一次攻击，不能再与那双水汪汪的眼睛遭遇。接受失败并退出，改去那些更小的村子里的守灵仪式？这太荒唐了，这显然等于背叛家族，近乎自绝，意味着粗暴地践踏塔尔塔兹家的传统。我决定谨慎行事，选择猎人的哲学——观察和等待，等合适的时机来到后一枪毙命，最后再不急不缓地捡起那只被射中眉心的鹰。

我在罗萨莱斯夫人的守灵仪式上又见到了她。她坐在一群女人旁边，一起上气不接下气地哭着，整齐划一地抹着眼泪，绞着双手，仿佛手也跟着一起哭似的。她们的头靠在一起，黑色的裙子围成一个阴森又凄惨的圆圈，像一群秃鹫，一群食腐的鸟，在上演着一场可悲、浮夸、痛苦又不幸的表演。我坐在远处的一张沙发上，等待着。我的确有一种冲动，与我的身份不相称，也不符合绅士行为的冲动：我想要走到她跟前，掏出一把枪，一枪崩在她额头上，当场把她打死，或者两枪，两只眼睛一边一枪。我陶醉地想象着她的小脸被打得开了花，双眼炸满了火药的画面。这时我发现她正看着我。她看上去很惊讶，嘴巴微微张开，眉毛上扬。我也死死盯着她，想穿透她眼中那层水雾，那片变了色的污浊的海水。我久久地看着她，逐渐确定了我作为猎人的地位，将她列为我的猎物，一只可怕的鹰，一只没有翅膀的鹰。成千上万只透明的昆虫又开始从她的眼睛里爬出来，她一边哭，一边目不转睛地看着我。这是挑衅，是战争，因为就在她表演这出闹剧、带来这番痛苦的拙劣表演的时候，在那梨花带雨的面容下，我清楚地看到了一抹微笑。当她哭得越来越凶，周围那群肮脏的秃鹫也纷纷效仿起这只鹰的样子。她们把整个房间变成了一座供奉痛苦的神殿，而这主要是她的功劳。不过，我不得不承认这场表演着实精彩。她们就像黑色的灯芯草，在暴风雨中随风摆动着。她们看上去就像动物，像一群孤独的狗，在闪着寒光的阴云下瑟瑟发抖。她们像一幅铜质浮雕，黑漆漆的，已破损不堪，看上去拥有生命，实际上已经死了。

我专注于思考的时候，发现那只满身是水的鸟正在看着我。我感到她苍白的眼睛在尖叫着啃食我的皮肤。起初我还不明白，但我很快就意识到，她看着我的眼神非常绝望。那群秃鹫的号哭和泪水已经没那么澎湃了，我再清楚不过，她的眼泪流干了。那双惊慌的眼睛在四处飘忽，寻求帮助。我知道她在那些女人身上看到了自己的影子。我知道那个小圈子成了她的地狱，是专属于她的一场酷刑，因为她已再无可哭之事，她比以往任何时候都更空虚，她的翅膀也在那悲伤之中消亡了。她需要我。她想让我阻止那群秃鹫，想阻止她们掉泪，因为她已经没有了眼泪。

我依然坐着，知道自己帮不了她什么。我目不转睛地盯着她。那小小的身体在微微颤抖，像一个被遗弃的布娃娃、一个泥巴捏成的玩具。笼罩在她眼前的那层水汽在渐渐消散。其他女人的眼泪像透明的火焰，她被火点燃，一点点沉入泥沼中，她那穿着荷花似的鞋子的脚下，出现了一片愚蠢与不幸的水坑，她越陷越深。

我对她微笑了一下，准备走过去，在她耳边告诉她，一切都结束了，到了她悄无声息地彻底离场的时候。我准备像一名优秀猎人一样，拾起自己的猎物，我展开强健的翅膀，飞过那座受难者的骷髅地，看到她就像一只满身污泥的老鼠，在严寒之中垂死挣扎，濒临崩溃。我志得意满地飞翔，傲睨一切地飞翔，因为这一切都是我的，甚至包括她。这让我幸福到无以复加的地步，没有言语可以形容这种极致的幸福。因此我永远都不明白，为什么在那个瞬间，在我作为一只高贵的雄鹰翱翔的那个瞬间，一滴眼泪——一只该死的水做的虫，一个有辱家族的可耻的象征——轻飘飘地从我的左眼滚落。

连贯的均等性

一个圆——这就是艾达梦想成为的。她对那些抽象的概念不感兴趣。她想成为一个圆,而不是构思出来的一个虚拟的、假想的圆。她要让自己变成一个圆。她需要自己的身体呈现出圆那样无限连贯的形状。从我的边缘的每一端出发都应该汇集在同一个中心点,她这样想。她把这个想法记在一张纸上——不是随便从笔记本里抽出来的一张纸,而是被她裁剪过的、一张圆形的纸。

她明白,按照定义,圆是平面的。她知道如果要把自己变成一个有体积的圆,一个活生生的球体,将是一项无与伦比的壮举。然而,她不能接受用"球体"来定义自己。她信不过这个词,因为她一想到它,或是写下它的时候,总会听到刺耳的声音。那声音会打断她,使她心烦意乱。她要丢弃"球体",吐上一口,扔到一边,彻底忘掉。她还是要用"圆",因为这才是她想要的。

她构思了一个计划,要让她的皮肤变成一个连贯的圆形。她准备用自己的骨与肉来践行"圆是最完美的几何图形"这一论断。因为这就是艾达想要成为的样子：美丽、永恒、完美。她想让自己的身体成为圣灵的神邸。

圣奥古斯丁[①]说过这样的话（而她一向崇敬圣人）：圆是最美的，它没有棱角，圆周连贯的均等性不会被破坏。从圆心到圆周所有点都是相等的——它不可分割，是自身的中心、开端与终点，是自身的生成源点，是所有图形中最美的。

艾达不需要重读圣奥古斯丁的话，也不需要把它抄写下来。她每天早晚都要重复这些话，就像在进行着永无休止的祈祷，结束时总会回到最初的起点。她希望通过思考和行动，用缜密、牢不可破的数学真理来弥补与终结自己不堪的现实存在。一条绝对的真理。她要清除一切短暂性的、不确定的东西，寻求永恒、确定、圆满。她要让圆形的身体成为自己唯一的庇护所。

而在这个圆形的安全空间之外，是不断累积的庸俗之物。艾达厌恶一切庸俗的东西，因为庸俗的背后隐藏着苦难。她知道苦难是毁灭性的，因此也是转瞬即逝的。

动物、物品和人都是她难以忍受的，都是平庸的、暗淡的存在。但她只能忍耐，因为她觉得它们不会消失，最起码暂时不会。也许有一天，它们都会离场，所有这些不规则的形状都会在同一时

[①] 圣奥古斯丁（354—430），西方早期天主教神学家、哲学家，死后被天主教会封为圣人。

间永远消失。除了她。她将一直存在，因为她是一个圆形，是永恒的。

她问自己，人要怎样变成一个圆呢？她得出结论：要成为圆，就不能有四肢。她构思出一个砍掉自己的胳膊和腿的计划。但她又想道：可是我的头是突出的，会妨碍身体成为一个完美的圆。但如果砍掉脑袋就太蠢了，她会变成一个死了的圆，那就没什么意思了。她可以接受自己是由两个圆组成的。她估摸着这样更好，得到双倍的完美。

她观察着自己的身体。在砍掉四肢以前，她必须增重，否则做一个大块的长方形也太丢人了。她吼道：我是个畸形的长方形。她必须想办法让自己胖成球形。她的皮肤需要使劲伸展开，变成一个肉和脂肪构成的球。她想象自己变成一个肉粉色的圆盘，感到很高兴。

为了实现目标，她准备了一套精确的饮食计划。她有些不安地发现，增重和减肥一样困难，甚至更难。她不理解。她的身体依然是一个不够精确的长方形的板状物。她判断是运动阻碍了她实现目标。她思索：只要我动，就会燃烧脂肪，这样我就没法完成任务了。她最终的结论是，想要变成一个圆，沙发是最佳地点。为了更好地掌控身体的进化，她调整了镜子的方向，以便能够看到全身。

她坐在那里，愤怒地发现自己的身体依然是一个四边的柱形物，是扁平的，可笑的扁平，这是她无法接受的错误组合。她决定要彻底静止不动，而且要改变饮食，只吃圆形的食物。她推测：出于相近性，圆形食物的形状会改变自己身体内部的结构，有助于自己变成一个圆。她决定不再咀嚼食物，否则就失去了它们纯净的本质。

她坐在沙发上，周围摆满了一盘盘葡萄、李子、球形的糖果和饼干。她一通狼吞虎咽。有一瞬间她以为自己要噎死了，但还是缓了过来，一颗李子完完整整地进入了她的消化道。

艾达观察着自己的身体逐渐变成一个完美的球形，不禁大喜过望。

她觉得是时候砍掉自己的四肢了，先是腿，然后是胳膊——这些无用的附属物是她实现最终目标的障碍。她事先研究了解剖学，设计了一套用于切割的滑轮和绕线系统，可以在没有辅助的情况下切断双腿与双臂。她确信：完美是有代价的。尽管疼痛难忍，鲜血淋漓，艾达还是很高兴。

但很快她就意识到一个关键问题：没有了四肢，她就没法进食，也将失去圆形的体态。

艾达发现沙发对现在的她而言就像一道深渊，她决定跳下去。想要获得永恒，就不存在牺牲这回事了，她一边念叨着，一边降落在一盘葡萄上。盘子在她身体的重压下碎了，碎片扎进了那个活生生的圆周——那就是艾达的皮肤。

尽管疼痛难忍，鲜血淋漓，艾达还是发现了身旁的饼干。葡萄被压成了一摊软绵绵、没有形状的东西，已经不具备圆形的资质，因此毫无用处了。她在地板上向着食物滚过去，但她那条被砍下的右臂毫无生气地躺在那里，挡住了去路。艾达想推开它，但毫无意外，圆形的身体又把她弹回了起点。她打算换一个方向。她发现她的两条腿旁边有一块饼干，正躺在一块血泊之中，但还保持着原本的圆形，于是艾达决定把它吃掉。她不顾扎进皮肤里的玻璃碎片，向着反方向滚过去。她想，如今她的痛苦也是圆形的了，于是她笑了。她一路滚着，直到感觉到了一个障碍物——那是她的左臂，阻碍了她前进。

当她正计划着如何避开那条手臂的时候，她发现一颗完好无损的葡萄离她的嘴很近。她伸出舌头来把它吞了下去。葡萄卡在了艾达的喉咙里，她在窒息的关头发觉这一切都是徒劳的——镜子离得太远了，她压根儿欣赏不到变得如此完美的自己。

被洞隐藏的房子

傍晚有一个时刻，平原仿佛有话要说；它从没有说过，或许地老天荒一直在诉说而我们听不懂，或许我们听懂了，不过像音乐一样无法解释……

——豪尔赫·路易斯·博尔赫斯[①]

女人在烧水，生火。天气很热。她要在主人回来前把一切收拾停当。他进山去了。这是她最后一天为那个男人做活，今天他会付给她这两天的微薄工钱。她不是为了钱，而是为了房间里那个女孩。主人把那女孩从她父亲身边抢走，她成了他的情人和厨娘、他的妻子和女仆、他的妓女和洗衣工。她才十五岁。

女人不知道她的名字。主人只对她说"照顾那个女孩"，然后

[①] 引自博尔赫斯短篇小说集《杜撰集》中的《结局》。王永年译，上海译文出版社，2017年，第75页。小说的开篇即为一个瘫痪在床的男人，看着天花板进入了释梦的游戏与迷宫。

就走了。那女孩只做一件事，就是躺在床上，透过屋顶的一个洞向外看。现在她已经脱离危险，但昨天她差点就死掉了。女人坐下来，吞下一口干面包。现在她要做饭、扫地、揉面，还得喂牲口、洗衣服、晒干草。

她在一堆垃圾里翻找，想找张纸或硬纸壳来遮住那个洞。她每次一走进那女孩的房间，就感到后背发凉。在一个屋顶破了洞的房间里养病不好，虫子和冷风（在这个季节实在少见）都从洞里钻进来。但她什么都没找到，连块破布都没有。

女孩昨天流了很多血。女人刚给她换了纱布，端去了一碗汤。那个洞似乎更大、更黑了。现在天色已晚，没法修补屋顶了，连找些干树叶盖住那个洞口都来不及。主人马上就要回来了，一切都得准备好。

房间很大，没有窗户。女孩听到主人雇来的那个女人在清扫屋里的泥土地。她看着屋顶那个洞。她不大动弹，呼吸也很微弱。她透过洞口看到天空是蓝色的，是绿色的，有时是白色的。那个洞隐藏着一座房子。这座房子将一点点，或者在顷刻间倒下，分崩离析。用晒干的灯芯草编成的屋顶像几何图案，看似无限，却偏偏漏掉了那个洞。洞口也没有用毯子或纸遮盖。主人让她必须习惯，他没工夫管这些。这季节没有雨水，等到乌云卷土重来的那天，她就会把床挪到一边，看着房间被水淹没。

她把旧床单铺开，她觉得冷，因为她的子宫空空如也，里面只有空气。主人强迫她堕掉了腹中的孩子，所以现在她感到寒冷。那个原本该在三月里出生的孩子也是一样，还有那一年二月她怀上的孩子，都被他逼着堕掉了。

女孩点燃一支烟，烟雾附着在四壁。主人不知道她抽烟，不知道烟雾一点点与寒气混在一起。现在她闻到了那个女人炖肉的味道，听到她切菜的声音。虫子从那个洞口钻进来，蜘蛛和蚊子也在向房间内入侵。那个女人想尝试杀虫，把洞堵起来，但她做不到。

女孩的枕头下面藏着一把尖刀，是两个月前她从给邻近的农庄干活的小工那里偷来的。当时她在卖鸡蛋，那个男人去找篮子来装鸡蛋时，把刀忘在了桌子上。她也不知道自己为什么要那么做。她自然而然地拿起刀，轻轻抚摸了一下，把它藏在了面包和炸面饼下面。

那女人正在给鸡食槽里装饲料。她就要走了，剩下的就交给女孩了。

有人进屋了。女孩闻到马和汗水的味道，她知道是主人回来了。她把烟掐灭，藏了起来，然后假装睡着了。主人甚至不愿让她多休息一天，强迫她立刻干活、和他睡觉、料理家务和牲口——之前几次他都是这么做的，虽然现在她年纪大了，又一身病痛，但这次肯定也不会有什么不同。

他走进房间。她颤抖着,紧闭着双眼。那个洞好像更大、更黑了。

"是时候了。起来,走。"

她说不出话,一心想从那个洞口逃出去。

"妈的,起来!我已经给那个女人付了钱了,剩下的该你做了。"

"我痛。"

"起来,否则我饶不了你。"

女孩悄悄地抚摸那把尖刀。她看着那个洞,感到寒冷。她靠在墙上,缓缓起身。她坐了起来,深吸一口气。她看着主人的眼睛,仿佛在恳求他,但他拿着皮鞭走过来,死死盯着她,似乎要穿透她、掏空她、杀死她。

她不再看他。她想睡觉,想暖和起来。主人手中的鞭子已经举过头顶,此时她发现屋顶的洞变得越来越小,她的手滑过尖刀,迅速地一刺。她正刺中他的心脏,又一刀割断了他的喉咙,让他不再号叫。他倒在地上。她看到那个洞又开始变大,屋顶忽然塌下来一块,落在了床上。她脱下他沾满鲜血的衬衫,试图盖住洞口,但屋顶已经腐朽不堪,终于分崩离析。

天空将她淹没,她可以感觉到天空是白色的,是绿色的,有时是黑色的。洞将她盖住。没有灯芯草,也没有衬衫可以堵得住它。纸或毯子也不行。她想大喊,却再也没有力气。她紧闭双眼,倒了下去。

天空是绿色的,是蓝色的,有时是红色的。

地　狱

星宿在石头里燃烧。

——玛罗莎·迪乔尔乔[①]

三位老妇人同行。她们手挽着手，共生共存，仿佛存在于时间之外。她们的骨骼支撑着摇摇欲坠的身体，在皮肤下方露出了矿物的颜色。她们血管中流动的液体像珍珠母贝质地的镂空花边，倦怠地勾画出一幅幅图案。她们彼此厌恶，因此彼此相爱。

她们像一组互相滋养的三部曲，轻飘飘的，却稳稳当当。她们看上去是静止的。滞重的血液延缓了她们的每个动作，但她们仍在前行，虽然速度缓慢到荒唐的地步。

在燃烧的清晨的一片寂静中，使她们永生不死的时间一秒一秒地消逝。

[①] 玛罗莎·迪乔尔乔（Marosa di Giorgio，1932—2004），乌拉圭诗人、小说家。

她们带了一只装在笼子里的鸟。那小动物肿胀的身体与坚硬的黑色笼条格格不入。它死气沉沉地看着蹒跚呆滞的老妇人。她们抚摸着它柔滑的羽毛，那触感丝滑，充满淫欲。那只鸟多盼望自己能在这沉寂之中狂嗥一声。

她们毫无惧意，颤颤巍巍地走完了去往广场的那段路。她们组成了一堵密实的墙，虽脆弱，却牢不可破。她们的行进是清新的、贪婪的、半透明的。她们的呼吸编织着无形的丝线，将彼此融合在（由那种千篇一律、徒劳无用、零零碎碎的情感组成的）乏味的日常之中。她们整齐划一地坐下来，像在跳着难以捉摸的古老舞蹈。她们散发着虚假的芳香，皱纹和陈旧衣服的褶边徒劳地交织与扩张。

在酷热如炙的白日里，在滞重的空气中，支撑着她们的时间一分钟一分钟地破碎。

她们带有仪式性地将鸟笼放在地上。笼子与地面的砖石碰撞，震动了那只死气沉沉的鸟。石头是灼热的，滚烫的。它试图动动身子，笼子轻微地晃动了一下。一根羽毛掉下来，又一根。几个老妇人面面相觑，又轻柔地伸出脚稳住笼子，鞋尖弄疼了鸟干瘪的皮肉和抽搐的爪子。鸟蜷缩起来，似乎想缩进某个不存在的角落。老妇人爱抚着它，她们的爱是冷酷的、真实的。

她们拿出一袋面包。那酥脆的声音引来了一群鸽子和麻雀。她们脸上绽放出清澈的笑容，以令人恼火的轻松姿态抛撒着面包。面对种种光怪陆离的反常现象，那只鸟惊慌失措。看着这群掠食的鸟群，老妇人欣喜若狂。她们不理睬笼中的鸟，但还是不停地挤压鸟笼，用脚上的平跟鞋那肮脏的鞋尖挤压那只小动物的身体，玷污它洁白的羽毛。

在炽热的光线下，将她们构筑起来的时间一小时一小时地分崩离析。

滚烫的砖石扰乱了鸽子和麻雀的感官。它们昏昏沉沉的，但还是不停地进食。一种难以察觉的暴力在众多翅膀、鸟喙和爪子之间蠢蠢欲动。一只鸽子攻击了一只麻雀，杀死了它。鲜血在砖石上沸腾起来。老妇人在恐慌中摇摇晃晃。她们站不起来，只得悬坐在那被打破了的平衡之中，茫然不解。她们望着死去的麻雀，一个个目瞪口呆，嘴巴像涂了漆似的断裂开来。

在那个午后，将她们塑造成形的时间一日一日地爆裂开来。

笼中的鸟儿感到松宽了下来，那些折磨它的鞋尖停下来了，它现在可以活动一下翅膀。那小动物躁动不安，因为砖石的热量已经传导在黑色笼条上，灼伤了它的皮肤。鸟笼抽搐了一下，翻倒了。一阵沉闷、空洞的声音传来——鸟的左翼裂成了三截。然后是金属那精确无误的声音——螺丝松动的声音。鸟没有感觉到疼痛，因为这时鸟笼的门以一种缓慢的速度，庄严地打开了。老妇人并没有注意到，她们还忙着看那只死掉的麻雀和那冒着泡的红色液体。

鸟儿从笼门探出头。它感觉到构成时间的秒、分、时、日的碎片坠落在它的白色羽毛上。它微微颤抖着。老妇人看到了它，她们提起鸟笼，把它冲着那滚烫的笼条丢进去，关上门。

以一种非理性的方式，鸟儿知道，在所有可能存在的星宿中，在所有可能存在的宇宙中，这是它窥到地狱的第一眼。

一根羽毛落下，又一根。

建 筑

——致鲁本·贡萨雷斯

那些玻璃花窗并非原装的,而只是涂了漆的玻璃。最早的玻璃花窗被诺曼底人毁坏,只能用这些复制品来替代。他们顺理成章地把基督陛下的形象放在最中央的花窗上,因为基督是最重要的人物,是天主教这座大厦的基石。基督身边有四个剪影,分别是狮、鹰、牛和人——代表着教会的起源,也是基督教帝国的根基。他们虔诚地注视着基督,而基督则手持一本用火漆封缄的书,坐在皇帝——万王之王的宝座上;他高高在上,被十字架状的光冕围绕着,他的眼睛望着虚空,望着无尽,又或许是望着真正的上帝。他甚至没有意识到下方那群小小的人,他们已经和深色橡木长凳融为一体,投射出黑色的阴影,几乎看不出骨架的形状——那群变了形的人已经成为建筑的一个组成部分。

这些形态模糊的灵魂的话语构筑起了这整个空间;它们停留在半球形穹顶的中央,缓慢地敲打着支撑祭坛的大理石柱;它们覆盖了穹顶上的彩石镶嵌画，使其失去了色泽；它们融进圣母马利亚的蓝色罩袍里，她面对着被钉在十字架上的基督，正在悲痛欲绝地哭喊；它们环绕着贞女圣普正珍①发白的双眼，拂过她因痛苦而张开的嘴、她那彩色的泪水、她手中那颗被撕裂却还在努力跳动的鲜红心脏；它们在冰冷的大理石地板上爬行，这地板因承载了太多罪孽而磨损严重。

对于纯洁的人来说，空气等于光明。所有人都想更靠近穹顶，想离祭坛更近一些——祭坛朝向东方，因为那是太阳呼吸的方向。光猛烈地穿过窗户，用甜美、虚假、专属于教会的颜色照亮了神圣的祭坛。所有人都想沐浴那天堂之光，沐浴在柏拉图式的光亮之中，升入纯白色的天堂。

那些尚配不上如此神圣光辉的人可能会觉得这个空间略显阴郁。暗影在侧廊、忏悔室和地下圣堂交媾，成倍滋生。那里的空气更凉爽，圣徒雕像也没那么肃穆，那里的灵魂被暗影玷污，变得一样罪恶。

忏悔室——完全无用的东西——是木制的，上面雕刻着微缩的人物，代表的是"逃亡埃及"②的情节。四块木板因为罪责而结合在

---

① 圣普正珍，生活在公元二世纪的贞女、殉道者。
② "逃往埃及"指的是《圣经·新约·马太福音》中的"逃往埃及"事件：约瑟夫通过梦境接到了神的指引——神要求他们全家逃往埃及，以躲避来自大希律王的追杀。于是在天使们的帮助下，约瑟夫、马利亚和新生儿耶稣便踏上了前往埃及的旅程。曾有多位画家创作过这一主题。

一起，涂上了漆，呈现出忏悔神父想要营造的那种柔美的权力感。

中殿南侧的忏悔室嵌在几根孱弱的柱子之间——它们像动物的神经似的支撑着穹顶的分量，就像教堂皮肤上隆起的血管。在那间忏悔室里，有种阴森、沉重的簌簌声，刮磨着幼嫩的木头。那声音是一组不完美的词句，有着独一无二的韵律，像悬浮在半空的黑色石块。那尖锐、黑暗的物质刮伤了大理石板，削弱了柱子的力量。

祈祷文从一间间忏悔室里，从一条条长凳上蜂拥而出。教堂是一个巨大的容器，装满了呐喊般的话语，那是灵魂、时间、空洞的玻璃的碎片。它们像不透明的光一样悬在空中，等待着无罪的赦免。不计其数的话语被压缩在这个空间里，像一只巨大的昆虫在迟缓地移动，寻觅着基督陛下那救赎的目光。

它直面着他。

那只黑色的蜻蜓——由万千话语形成的巨大的昆虫，正盯着他的眼睛，而救世主手捧着七印书卷[①]，沉浸其中，享受着他麾下神父们的注视，清楚地知道这个宝座的分量，所有人都对其顶礼膜拜，不可胜数的殉教者敬仰他，为他而死，而他已厌倦了那些话语。

那昆虫痛苦地颤动着。那震颤非常微弱，像小水滴缓慢地坠

[①] 《圣经·新约·启示录》中曾提到，耶稣基督坐在天上的宝座上，接受在宝座周围的长老和"四活物"的崇拜。他手拿七个封印了的书卷，也唯有他可以拆开七印以开启书卷。他揭开七印，就代表末日大灾难的过程。

入火中。但它的动作引发了一种锐利的空洞感。完美的空间，破碎的光线。那属于黑夜的蜻蜓颤动着，钻进了墙壁和建筑中，使一切都充满了强烈的虚无感。那是一张由透明丝线编织而成的巨大的蛛网，使得天堂的气息烟消云散。

寂静无法消解那些话语，无法杀死那只巨大的昆虫——它是如此锐利，连这寂静也都渗出了鲜血。鲜红的泪珠击打着玻璃花窗，发出微不可察的颤动。

那些几乎断了气的活死人，手握着念珠祈祷着，仿佛那是他们最后一条血管。他们如行尸走肉，根本看不清发生了什么，只以为在教堂这栋建筑中能求得出路，得到奖赏，获得对他们的存在的宽恕。他们感觉不到那只巨大的黑蜻蜓掠过，用腿摩擦着他们低垂的头颈。他们触不到那片寂静的恐惧，它越来越远，想要彻底消失。他们空洞的音乐、他们口中吐出的小小的黑色昆虫，都与黑蜻蜓融合在一起，跳着不易察觉的舞蹈。他们用轻柔、疲惫的节奏一点一点地毁掉了这栋建筑。那些需求救赎的话语被封闭在冰冻的空间里，在那个由基督陛下钦赐的静止的建筑里，任何人，甚至基督吾皇本人都无法从中逃脱。

孤独的车站

你走得很快，因为你知道末班车还有不到十五分钟就要开走了。早上你就在售票处问过了，你当时就怀疑老板会让你加班，他才不管今天是不是十二月三十一日，也不在意别人是不是想要与亲友举杯欢庆。他对你说："因为之前停电，我们得把耽误的时间补回来。"但你的直觉告诉你，其实是因为他受不了妻子和孩子，所以宁愿工作。

市中心的街道上空无一人。你独自前行。你想起看过的一部电影，很多单身男女被带到一家酒店，被迫在四十五天内找到伴侣，否则就会被变成动物。在酒店里，他们被告知有伴侣的种种好处，其中一条是，有了男伴的女人被强奸的可能性较小。你走得更快了，想到当下的自己正好符合那老套的观点——年轻的单身女子，满心恐惧地行走在无人的街道上——你感到愤愤不平。你放慢脚步，开始想自己希望变成什么动物。一只鹰。你看了看时间，又加快了速度。你快要错过末班车了。你想跑起来，可是脚很痛。你的步伐坚定，高跟鞋踩在人行道上的声音在整个街区回荡。

你走到了五月广场站①。空无一人。你想：大家都正坐下来吃饭。你的家人正在准备晚餐，并尽力掩饰着他们的不满，因为你又迟到了。你之前就告诉他们，到了晚上就没有私人特约车②，也没有出租车了，因为司机们都要到凌晨一点后才回来上班。你母亲带有怨气地沉默了，你只能继续说司机们也要庆祝跨年，你也无能为力，你也不想这样的。我会赶末班地铁回来的，妈妈，我一定准时到。

到了地铁 A 号线入口处，你忽然闻到一股浓烈的味道。这味道你已经很熟悉了，但还是每次都感到震惊。你一向把它形容成一条死掉的狗在太阳下腐烂的味道。这是 A 号线特有的味道，哪怕到了夜里也丝毫不减。你快速走下台阶，但因为穿着高跟鞋，所以你走得很小心。你看到站台上停着一趟列车，知道这就是今晚的最后一班了。你拿出地铁卡在闸门处刷了一下，就听到列车安全员吹响哨子，马上要发车了。你跑了起来，在车门即将关闭时跑进了最后一节车厢。

---

① 布宜诺斯艾利斯地铁 A 号线的起点站。位于五月广场，为该市重要地标。
② 即 Remís，个人经营的叫车团体，与出租车相似。

你坐下来，深呼吸。你拿出手机，有三个来自母亲的未接电话。你准备回电，但没有信号。你关掉手机，因为电量已经不多了，你把手机收起来，开始环顾四周。空无一人。你感到一阵轻松，甚至还有点得意，因为你从来没有乘过如此空荡荡的地铁。你简直不敢相信自己的好运。你想起前一天早上的情景：车站里挤满了人，停电导致地铁晚点了，你的右脸颧骨紧贴着车门玻璃，感觉肺马上要挤爆了，好几个人沾满汗的皮肤挨着你刚刚熨烫好的衬衫，一个女人的脸离你只有五厘米，她的口气中混有咖啡、香烟和蒜的味道，她冲着你说："不好意思啊，亲爱的，你看嘛，每天早上都是这个样子，太痛苦了。"而你只想让她闭上嘴巴，但你还是微笑了，因为比起你身后那个号啕大哭的婴儿，比起那两个因为一个的手肘碰了另一个的肋骨而吵个不停的乘客来讲，这个女人还是讨人喜欢得多。

此时的车厢空无一人，空调开得很足，闻上去有一股人工的柠檬香气，你松了一口气。你探出身子，向前一节车厢张望。你觉得可能整趟车都是空的，你想象自己把鞋子脱掉，从正在行进的列车的一头跑到另一头，享受那种自由自在的感觉。那样做不合适，你这样想道。你母亲经常用"不合适"这个词来形容她不赞成的所有事。这一年马上就要结束了，你认为自己有权利做点不合适的事情来迎接新的一年。地铁到达利马站，你正准备脱鞋时，一个男人上了车。一股腐臭的馊味在车厢里弥漫开来，你被熏得动弹不得。你本能地捂住鼻子。你看到那个男人在你面前坐下来。他穿着一件过大的黑色西装，又旧又破。他看着你，眼神锐利得吓了你一跳，他满身酒味，你猜想他一定是喝醉了，但醉汉的双眼通常是涣散而浑浊的。他看着你，一副知道点什么的样子。你犹豫要不要换一节车厢，虽然你不想失了礼貌，但他身上的味道和他看你的眼神实在是让人难以忍受。他忽然欠身，你不知道他是要呕吐，还是要攻击你，你顿时紧张起来。但他只是站起身子，对你说了一句："他们在等你。"这时地铁到达萨恩斯·培尼亚站，他下了车。你还来不及问"他们"是谁，在哪里，为什么等你。你想他所说的"他们"应该是你的家人，他们确实在等你，于是你冷静下来。你一定能准时赶回去，与家人一起举杯跨年。

地铁经过了国会站，你心想，接下来就是两个单方向的车站——残缺的、孤独的帕斯科站和阿尔贝迪站[①]。这两个单向运行的车站一直很困扰你，你曾经在书上读到过，这两个车站原本是双向运行的，后来它们的"另一半"被关闭了。每一次经过那里，你都会觉得伤感。你在想，这两个车站会选择变成什么动物呢。你把

---

① 1953年，地铁A号线的帕斯克南站和阿尔贝迪北站"因运行原因"被关闭，帕斯科站和阿尔贝迪站仅剩一个站台，仅单向运行。这两个废弃了的车站成了幽灵车站，产生了许多离奇灵异的传说。

帕斯科站想象成一只小老鼠，阿尔贝迪站则是一只正在晒太阳的蜥蜴。你打开手机，想打给母亲。还是没有信号。你走了几步，想试试看隔壁车厢是否有信号，这时突然停电了，列车停了下来。

一片漆黑。这该死的城市又停电了，你小声说道。你用手摸索着座位，决定坐下来，冷静地等待。你打开手机的手电筒，在车内四处照了照，想看看有没有其他人。没有人。只有你自己。你站起来，开始在车厢里慢慢走动。你想知道是否还有其他人类，顺便走到车头去找驾驶员，问问他知不知道列车什么时候能恢复运行，或者找列车安全员（如果他没有提前下车的话）。你走过一节节车厢，没有看到一个人。你终于走到了驾驶室门前，忍住怒火敲了敲门。门没有打开。你继续敲，一边敲一边大吼，直到手都砸疼了："他走了，这个混账竟然走了。"你坐下来，关掉了手电筒节省电量，你想大哭一场，但还是忍住了。你觉得在黑暗中的人是真正孤独的。

车门忽然打开时，你正被热得呼吸困难。你觉得很奇怪，因为并没有来电，但很快你就想到门可能是自动打开的，可能是某种安全装置。你慢慢站起来，探出身子。什么都没有，什么也看不见。你大声呼救，却只能听到自己的声音在隧道里回荡。你又坐下来，开始思考自己的选项：要么留在原地等到电力恢复，要么下车，沿着铁轨走到下一站。列车困在两站之间，乘客们不得不沿着铁轨前行，这也不是第一次了，你之前在新闻上就看到过。但你没有向导，没有电，也没有同伴。此时你希望地铁车厢里挤满了人，就像每天早上那样。你真怀念人类——那个形态模糊、巨大的陌生人群体。你又一次想哭，但你大喊一声："够了！"你下定决心要解决问题。

你打开手机的手电筒，坐在车厢门的边缘。你一点点下去，终于挨到了地面。你小心地向前走，走过了驾驶室的窗边，用手电筒照了照里面。空无一人。真该死的混账，你满腔怒火地咒骂。

该往哪边走？你并不清楚自己身在何处。在两个废弃车站的中间？无所谓，我必须找到一个车站，并祈祷它还没有关闭，你这样想道。你想起列车已经经过了国会站，下一站是帕斯科站，你决定要向着列车行驶的方向走。你刻意走在铁轨旁边，以防电力忽然恢复，你可不想触电身亡。穿着高跟鞋走起路来很吃力，但你还是慢慢地走着。

你正在走着，手机忽然关机了。"不要啊！"你大喊。你咒骂起那一天决定买下这部手机的自己——它的电池实在是太不耐用了。黑暗中，你感觉到有什么东西擦过你的脚踝。一只老鼠，或是什么更糟的东西，你永远不会知道是什么。你感到恶心。为什么这种事会发生在我身上？你这样想。你感觉到大脑里充满了恐惧，那是一种坚硬而冰冷的恐惧。你慢慢地哭了起来，感觉到无助、孤单、茫然。没有了光，你无法继续前进，没有了光，你无法相信任何东西。

你深呼吸，站直了身子，让自己冷静下来。目标是找到一个车站，仅此而已。你把两只手伸向前方，摸索着前进，速度非常缓慢。你数着自己的步数，好让自己不去想黑暗之中隐藏的东西。二十，二十一。五十，八十四。你大声地数着，这样就能听到自己的回声，就不会感到那么孤单了。

一百一十五。你感觉到了气流。车站！你喊道。你向前走了几步，你的右脚再也动不了了。你弯下腰，用手四处摸索。楼梯！你兴奋地说。你四肢着地，爬上楼梯。这时，你感到有人拉住了你的手。你看不见是谁，但能感觉到那只拉你上去的手又粗糙又冰冷。谢谢，我迷路了，地铁停了，太感谢了，你这样说着。你终于站在了站台上，你问那个看不见脸的陌生人出口在哪里："请问出口在哪儿？"他没有回答。"求您了，出口在哪儿？"你不安地又重复了一遍。一片沉默。你伸着双手向前走，一直摸到一堵墙，你不停地砸墙。"该死的出口在哪儿！都是墙，该死的出口在哪儿！你为什么不回答？"你绝望地喊道。你需要找到一扇门，或是入站的闸机，不管什么。在黑暗中你意识到这里没有出口，一切都被封死了，这就是那个被关闭的车站。你必须下到铁轨上，继续前行，你必须离开那里。当你转过身时，你看到有两个人影，正坐在站台边。是两个男人,他们背对着你,正盯着铁轨。他们很白,白到在黑暗中都能看得清楚,他们貌似穿着沾满灰尘的工作服,像是工人模样。他们转过头看着你,张开了嘴巴,好像发出了尖叫,声音却被困在身体里。于是你这才明白,他们就是在等你的人。

马利亚的圣歌

她说我们要去看一场摇滚乐队演出。我穿了一件皮衣,我也不知道为什么,可能是为了融入某种气氛。天气挺热的,但我还是坚持穿着。这件皮衣上面有铆钉,因为不常穿,闻起来还有点微弱的霉味。

上车前我点了支烟,给小黑打了个电话。

"我说小黑,你接到你的妞了吗?"

"正要去。"

"看来咱们是要去看摇滚乐队演出了。"

"她跟你说是哪个乐队了吗?"

"没说。"

"我这位也没说。我问她了,但她说是个惊喜。我们在那边见吧,管她们带咱去哪儿呢。"

"行啊。看你能不能追上我的分,小黑。"

"我最近几个妞都是实打实的九分,我应该早就领先你了。"

"实打实的九分？我看她们充其量就七分，而且你还作弊，用那种小药片把那个妞给迷晕了。"

"毫无证据的指控。我要上诉。"

"那你得向总统提起上诉。"

"向总统……对，哈哈哈哈，你别逗我笑了。今天过后你就成了'前冠军'了。"

"你别迟到，小黑。"

我去她家接她。她上车时，我看到她穿着一条长裙，外面套了一件轻薄的外套。裙子是蓝色的，明亮的蓝色。她把头发烫卷，非常刻意地披散在肩上，又挽了一个很难理解的发髻，用蓝色小花形状的发卡别住。她化了浓妆。这整套造型令她看上去比实际年龄要大。我默默地看着她，不知道该怎么告诉她这样的打扮很荒唐、很过时。当她靠过来亲吻我的脸颊时，我听到她的衣服发出沙沙的声音。我觉得很热，但我不打算脱掉皮衣，因为我里面穿了一件"黑色安息日"乐队[①]的 T 恤。

你看摇滚演出为什么要穿这么长的裙子？她有点惊讶地看着我，你不喜欢我的裙子？为了避免回答这个问题，我打开车窗，但很快又关上，打开了空调。我闻到了玫瑰味，浓郁、甜腻的香味。

---

① 黑色安息日（Black Sabbath），英国著名重金属摇滚乐队，1968 年成立于英国伯明翰，曲风沉重、黑暗、神秘、富有力量感。

这玫瑰味是你身上的?嗯,是我的香水,我特别喜欢,你觉得怎么样?我没有回答。她喷的是超市里卖的那种古龙水,气味令人窒息。我打开车窗,发动引擎,又熄火。这不行。我挫败地低下头,想着自己赢不了那场赌局了。小黑的分要超过我了,因为这姑娘虽然本身能得八分,但这样的打扮、发型,还有妆容,她只能得六分了,最多六分。我本想找个借口取消我们的约会,可以直接说我不舒服,但这时她用胳膊碰了碰我,有点怯生生地说了句"我们走吧"。她声音里有种让人意想不到的胁迫感,让我闭上了嘴。我想,六分总比没有好吧,小黑的分会很接近,但也不足以取胜。他说他那个妞能得八点五分,但他总是夸大其词,我敢保证也就是个五分。我们去哪儿啊?我问她。她在座位上坐好,裙子又发出了那种声音,像是某种动物在穿行。法蒂玛区,你认识路吗?离这儿不远。我觉得很奇怪,那个区怎么会有剧场或是演出的酒吧。我知道那是个非常安静的街区。

"法蒂玛区有摇滚乐队演出?"

"对。"

她的回答干巴巴的,她微笑着看着我,但眼里的神色冰冷。

我们到达目的地时,我问她,真的就是这里吗?她说对,就是这里。我想这可能是那种地下聚会,反而好奇了起来。那是一栋质朴的房子,甚至可以说有点简陋。大门是薄板材质的,一共只有一扇窗户。她没有按门铃,直接打开门走了进去。不知道为什么,我忽然注意到了她的脚,发现她穿着一双低跟鞋,鞋面闪闪发光,透出低廉的感觉。她闪身让我进门,然后抬起右脚给我看她的鞋:好看吗?我和小黑平时喜欢评价着装,我们是这方面的内行,那双鞋一看就是二三十年前的样式,用来粘塑料钻石的胶水都清晰可见。她的长裙下摆挂着些线头,仿佛是匆忙赶制出来的。我看了看她左脚上的鞋,上面掉了一颗钻,鞋底也都磨损了。"嗯,很好看。"她冲我笑了一下,说道:"请进,请进。"客厅很小,有一张松木桌子和一把相同材质的椅子。桌上放了一座还未上色的石膏像,我猜是某位圣女的塑像。对那张看起来很单薄的桌子来说,石膏像实在太大了。我又问道:"摇滚乐队在这里演出?"她没有回答,而是拉着我的手,带我走进另一扇门,也是薄板制的。她打开门,我们走下一段楼梯,然后穿过一条又长又黑的走廊。我闻到一股甜腻且刺鼻的香气,让人想起垃圾桶底部淤积的液体的味道。我松开她的手,捂住了鼻子,这时我发现她在我手上留下了一些黏糊糊的东西。

我们沿着走廊继续走。我没想到这栋破旧的房子竟然这么大。我们来到另一扇门前,这扇门材质坚固,可能是装甲门。门梁上挂着一个非常亮眼的灯泡。她敲门的方式很奇怪,先是快速敲了两下,稍停顿后又敲了一下。她就这样重复了两遍,一边敲,一边动着嘴唇。我注意到有一滴汗珠从她的太阳穴滑落到下巴边缘。她涂了一层厚厚的粉底，那汗珠在她脸上留下了一道痕，一道裂痕。

那道门像一个庞然大物似的缓缓打开。她再次用力握住我的手，我们一起走进一个大厅，里面摆放着一些桌椅，还有一个舞台。我松开她的手，因为她的手不仅黏糊糊的，还出了很多汗。趁她不注意，我在每张桌子上寻找纸巾，但没有找到。我试着用桌布一角来擦手，但那黏糊糊的东西怎么也擦不掉。那大厅里有五十多个人，都是盛装出席。我觉得自己穿的皮衣和"黑色安息日"的T恤好像有些格格不入，但我还是穿着。我觉得冷，但我弄不明白这寒意从何而来，因为这里没有窗户。

我们在靠近舞台的一张桌子旁坐了下来。她又站起身，开始和其他人友好地打招呼——这些人她都认识。他们看着我，但是不和我讲话。有些人毫不掩饰地对我指指点点，然后过来拥抱她。一个头戴王冠的女人向乐队这边走了过来，拥抱了她，取下她头上的蓝花发卡，又把自己头上的王冠取下来给她戴上。那是一顶嵌着星星的王冠。她激动起来，发髻也散开了。卷发全部披散下来后，她反而好看了些。可以给她加上半分，六点五分吧。好一个戴着王冠、穿着假钻石鞋的小公主，我有些鄙夷地想着。我仔细地打量着乐队的人——全是女人，都穿着蓝色系的长裙，深蓝、浅蓝、天蓝、钴蓝、靛蓝。我不明白到底是怎么回事，我想这可能是某种秘密化装舞会。我想继续用桌布擦掉手上的黏着物，但还没擦就发现桌布已经被弄脏了。

我站起身,走到一张摆着装饰花的桌子旁——那是一些布艺玫瑰,有白色的、金色的、粉色的,全都看起来很脏。桌上放着一些三明治,但面包已经干了,边缘变得卷曲。白色的纸质盘子上放着心形的糕点。每块糕点上都扎着多得用不完的小牙签。那签子的形状似匕首一般,样子实在让人不安,于是我数了数,每个心形的糕点上都扎着七根签子。我从一个大碗里拿起一根薯条,咬了一口,已经受潮了,我又把它吐在手心,扔在了桌上。现在我手上不仅有黏糊糊的东西,还沾上了薯条的油腻。没有任何饮料,我又热了起来。我想离开这里。

我四处寻找小黑。这个厅太大了,我没看到他。这是一片蓝色长裙的海洋。我拿起手机想给他发个信息,但这里没有信号。小黑总是想超过我。我估计他肯定是在哪儿来了个战术性停车,开了个钟点房,好在完成任务的速度上赢到更多分数。但是没有证据,没有照片,那就不算。我还是领先的。这样想我舒服多了。

我从那些桌子旁走过。地板很脏,走起路来粘着鞋底。我想找厕所洗洗手,这时我才发现全场几乎没有男人。我找到了三个。他们都不说话,独自坐在不同的桌旁。我仔细观察了场内的女人,她们看上去都很憔悴,似乎厚重的妆容和头上的鬈发就是为了遮掩她们过早到来的老态。她们笑得很灿烂,其中有几个人的脸色看起来有一种病态的苍白，连化妆品都无法掩盖。

我找不到厕所。

灯开了又关。那个和我一起来的女人离开乐队，过来找我。她示意我坐下，我慢慢地走回那张桌子，依然无法理清眼下发生的这些事情。我看着她头戴着星星王冠，穿着塑料钻石鞋，毫不掩饰自己的快乐与骄傲，我很难想象这样一个女人会在夜里与我在某个旅馆里共度良宵。很明显我赢不了。另外，我也不想让小黑遭受此劫，我打算一看到他，就拉着他一起跑出去。比赛取消。不过以我对他的了解，他肯定会喝个大醉，戴着那顶王冠猛跳一通舞，把全场穿着蓝色裙子的女人搂个遍。

我坐下来后，有人端上来一杯棕色的饮料，像可口可乐，但没什么气，甚至是温热的。他们当然不会提供酒精饮料了，小黑，咱们得赶紧撤，我心里这样想。她坐得笔直，一脸微笑。她看上去很高兴。其他人都过来和她打招呼，我听到她们向她表示祝贺，仿佛她做了什么了不起的事似的。我拿出一支烟正准备点燃的时候，有一个女人走了过来，一边摇头，一边轻柔地把我的手压下去。她的笑容很灿烂，我甚至可以看到她的牙齿上的黄色污垢，还有点发褐色。她的嘴唇干瘪，薄薄的很苍白。她的长裙是某种亮蓝色的布料做成的，略一走动就发出某种动物爬行的声音。我闻到了她身上散发的玫瑰香味，又是那种味道浓烈的廉价古龙水。我还闻到了她的口气，那张几乎没有嘴唇的嘴里散发出一种腐物的味道。她的眼睛像鱼或爬行动物的，她的头发干枯暗淡，看上去缺乏营养。她脸上有许多细细的裂痕，仿佛因为过于紧绷，使得粉底都裂开了。我慢慢地把烟放回盒里，收了起来，眼睛却一直盯着她的牙齿。她一走开，我又试着擦掉手上的东西。擦不掉，那黏糊糊的东西是黑色的。我又问那个和我一起来的女人厕所在哪里，但她给我做了一个手势，示意我不要说话。

我开始观察在场的男人。他们都穿着黑色裤子，白色衬衫，脸色苍白，眼睛直勾勾地盯着一个点。没有人去和他们说话。这个场地很亮堂，墙壁是纯白的，但有一些霉斑，被人用花环遮住，有些花环的一端已经脱落，直直地垂下来。舞台上没有乐器。她说表演快要开始了，她的笑像是快要窒息似的。她非常激动，在座位上动来动去。

灯光熄灭了。

舞台上出现了六位年轻的女士和一个年长的女士，她们都穿着一模一样的蓝色连衣裙。裙子太大了，看上去她们都穿错了尺码。她们都是一头长长的直发，垂到腰间，那位年长的女士也是一样。我很吃惊这么大年纪的人竟然留起一头白色的长发。她们的裙子上有花朵的装饰，但有些花没缝好，已经摇摇欲坠。她们戴着塑料珍珠项链和配套的耳环。她们中的一个拿着一把没插电的电吉他。

我明白这就是那个所谓的摇滚乐队。我笑了，她瞪了我一眼。在昏暗的大厅里我看到她对我微笑了一下，但那笑容里充满了愤怒。我移开视线，听到一个坐在我们桌旁边的男人在缓慢地鼓掌，就像慢动作一样。一个女人把他的手臂压了下去。

乐队打开一张海报，上面用闪闪发光的大字写着"马利亚的圣歌"。观众开始鼓掌。那个离我们很近的男人盯着地板，嘴角流下了一丝口水。他旁边的女人把他的手抬起来，来回摆动，帮他做出鼓掌的动作。与我同来的女人在我耳边说："她们唱的是马利亚的歌。"我看着她，没有答话。她补充道："马利亚，基督之母，人类之母，把我们联结在一起的母亲，爱我们的母亲。我们为她歌唱。"我又听到她裙子发出的那种窸窸窣窣的声音。这时我觉得很热，但还是把皮衣紧紧扣在身上。小黑在哪里？

电子音乐响起了，音量开得很大。乐队在舞台上几乎保持不动，只向前后微微移动了几步。那位年长的女士开始给其他歌手一个个戴上了纸做的金色王冠。就在这时，观众里的所有女人都拿出了自己的纸王冠戴在头上，除了我身边那位，因为她头上已经戴着那个真正的王冠。她调整了一下王冠，坐直了身子。她的眼睛闪闪发光。

台上的一位女歌手靠近麦克风，唱了起来。她在跑调。她们所有人都在跑调。她们摇晃着双手，想表现，或者说演绎她们的歌声,那姿势看起来仿佛她们在舞台上摆弄一些隐形的线。歌词大概是这样的:"马利亚,你是我的梦想,是我心中之向往""马利亚,我的灵魂,我的女神,请填满我的心,我的母亲"。那个拿着吉他的女士假装自己在演奏,实际上一个音符都没有弹出来。观众席上的女人们都在座位上手舞足蹈,不停鼓掌。我仔细看了看,她们的脖子上全都挂着一个小小的木制十字架,被她们举在手里,不停亲吻。那几个男人也戴着十字架,其中一个身边有一个女人,像和他是一对的,正摇着他的手不停摆动,做出在舞蹈的样子。还有两个男人在缓慢地鼓掌,眼神空洞。我忍不住爆笑起来,赶紧用手捂住嘴不让别人发现。我笑是因为不知道自己在这儿干什么,这一切太荒唐了。我试着深呼吸,让自己平静下来,但那个女人一脸微笑地看着我。她紧紧地盯着我,仿佛想用那眼神伤害我。她站起身,在另一张桌子上找到一个木制十字架,走过来想戴在我脖子上。此时,那支摇滚乐队表演起类似说唱的东西。她刚给我戴上,我猛地站起来,把椅子都撞翻了。歌手们停止了演唱。音乐骤停,有人打开了大厅里的灯。我四处寻找出口。我把十字架拽下来,扔在地板上。我听到沉闷的呼喊声。有人缓慢而清晰地说:"不能这样对待马利亚的儿子。"女人们站起身,一言不发地看着我。她们全部靠过来了,一边走,一边用绷带蒙住眼睛。

  我冲向出口,门被一座白色的雕像挡住了,也许是大理石的。

我想把它搬开，但实在是太沉了。那是一个女人的雕像，双手做着献祭一样的姿势，张着嘴，像是在恳求。有人给她的一只手中挂了一串念珠，另一只手上有一块黑色的印迹。她的双眼被蒙住了，几道血迹或是鲜红的颜料从她的眼睛滑落到下巴上。我似乎看到蒙住她双眼的绷带后方有什么在动。我想把它摘掉，但我的后脑勺突然被人击中，我失去了意识。我最后听到的就是蓝色长裙在靠近时的窸窣声。

苏醒时，我觉得茫然极了。我不知道自己在哪里，头痛欲裂，眼睛也睁不开。我觉得恶心，口干舌燥，眼睛也无法聚焦，昏昏沉沉的。有人给我拿来一些喝的，我感觉好多了。过了一会儿，我回忆起了发生的事情，顿时想尖叫。我试着站起来，但动弹不得。我已经感觉不到那件皮衣在肩膀上的重量，那件轻薄的T恤也没了。当我终于睁开眼，定睛去看时，我发现自己穿着一件白色的衬衫，裤子也换了。我的牛仔裤不见了。我想我看到了那个带我来的女人，她走了过来，在我手上轻轻敲了几下——我的手依然是脏的。她平静却充满胁迫感地对我微笑。我又闻到了那玫瑰香水的味道，我的胃一阵痉挛。乐队还在演唱，但我已经听不懂歌词。我看到我嘴角流下一丝口水，落在了裤子上。

不知道过了多久，当我刚开始感觉好了一点时，有人抱住了我，摇晃着我的身子。那是小黑的声音。他语速很快，非常兴奋。

能看出来他应该是刚到,还不知道这里是什么情况。他一边大笑,一边晃着我的身子说:"你等着,我马上给你看照片。这是什么地方?你喝多了?老大,你怎么了,脸色这么白?"但我还没来得及看他一眼,一个头戴王冠的女人——是那个货真价实的王冠——就走了过来,把他带到了另一张桌子旁。他走开了,我似乎看到他在试着用桌布擦手。

马利亚的圣歌还在继续唱着。

不知道过了几个小时,或是多少天,她们又在我脖子上挂上那个小十字架。我一遍又一遍地回想所发生的一切,试图在脑海中理出头绪,我想知道这到底是不是真的。我看到小黑坐在另一张桌旁,和我一样穿着白色的衬衫。我的头不疼了,也不再觉得恶心,但我还是没法站起来,没法说话。我不知道她们对我做了什么。带我来这里的那个女人还是带着那永恒不变、嘴角咧开的笑容看着我。她头戴纸做的王冠,化着浓妆。现在她们在唱马利亚与玫瑰的奇迹的歌。我觉得,我想要鼓掌了。